2
未実装のラスボス達が仲間になりました。
The unimple mented end-stage enemys have joined us!

「僕は修太郎、13歳！
レベル10になった
ばかりの召喚士！」
「同い年じゃん！
〝友達〟になろうぜ」
player: { Syoukichi }
ショウキチ
紋章ギルド第21部隊の隊員。
剣士。
player: { Kettle }
ケットル
紋章ギルド第21部隊の隊員。
魔法使い。
player: { Kyouko }
キョウコ
紋章ギルド第21部隊の隊員。
弓使い。

player: { Barbara }
バーバラ
紋章ギルド第21部隊の隊長。聖職者。
「友達……」
「大丈夫。大丈夫だよ」
player: { Syutarou }
修太郎
スキル“ダンジョン生成”を使用したら魔王6人の主になった中学生。

「すっげええ!!
セオドールって竜だったんだ！
それに大きさも変えられるんだね！」
「形状変化とは違い、人型か巨竜か
チビ竜にしか成れないが、
人型にならないのなら同行も可能だろう？」

未実装のラスボス達が仲間になりました。

The unimplemented end-stage enemys have joined us!

2

Author
ながワサビ64
Illust. かわく

Presented by Nagawasabi64
Illustration Kawaku

enterbrain

TENTS

activation { Dungeon Generation }

VRMMORPG 《eternity》

CON

The unimple
mented
end-stage enemys
have joined us!

contract: { BOSS MOB }
The Six Demon Kings
and the Lord of the Dungeon

Chapter01: 第1話

The unimplemented end-stage enemys have joined us!

石畳《いしだたみ》を踏み締める複数の金属音。

商店街を包む笑い声と客引きの声。

子供達が元気に駆け回り、昼間から酒を飲む男達が騒いでいる。

恐怖の侵攻《しんこう》から約一ヶ月――大都市アリストラスは平和そのものであった。

賑《にぎ》わうのはＮＰＣだけではない。

プレイヤー達も、まるで〝発売前に望んでいた世界〟を堪能《たんのう》するかのごとく、各々が生活基盤を見つけそれなりに幸せに過ごしていた。

都市内を歩く兵士ＮＰＣ達も増え、治安の高さも窺《うかが》えるが、彼等が出動する機会は未《いま》だ一度としてない。

城壁を囲うようにドーム状に張られた薄緑色の魔導結界。これがｍｏｂ達の侵攻を許さないからである――

そんな街の冒険者ギルド前に、一人の少年がいた。

「緊張する……」

亜麻色《あまいろ》の髪、幼さが残る顔立ちと、庇護欲《ひごよく》を駆り立てられる無垢《むく》な表情。

彼がフィールド《外》で一人でいるのを見かけたら、大人達は心配から声を掛けずにはいられないだろう。

とはいえ、よく目を凝らせばこの少年の異質さも見えてくる。

やけに仕立ての良い革の防具と、腰の剣はどちらも一級品。そして少年からは最前線攻略勢が纏《まと》う〝格〟の様なものが感じられる。

『主様。何かありましたらすぐに連絡を』

『うん。ありがとう！』

配下からの念話に答えながら少年――修太郎《しゅうたろう》は、決意の表情と共に冒険者ギルドの扉をくぐった。

＊　＊　＊　＊

修太郎が最初に感じたのは「人が少ないな」であった。

受付には誰も並んでおらず、依頼が貼られる掲示板には数えるほどしか紙がない。

受付に行くとＮＰＣが丁寧《ていねい》なお辞儀をしてみせた。

「冒険者ギルドへようこそ」

「こんにちは！　えーと、パーティ依頼を探しているんですけど、ありますか？」

たどたどしい敬語を駆使し、そう尋ねる修太郎。

修太郎が一人でアリストラスに来た理由――それは〝ある条件を満たしたパーティに参加する〟こと。

受付NPCは少し困ったような顔を見せた。

「申し訳ございません。現在パーティでの依頼は〝紋章《もんしょう》ギルド〟に流れるようになっておりまして」

「紋章ギルド！」

その名前に、修太郎の声量が上がる。

紋章ギルドといえば、β時代に最大最強を誇ったランカーのいるギルドとして有名であり、デスゲーム後はこの都市のために命懸けで侵攻を食い止めていた勇気あるギルドだ。

「紋章ギルドの本部は北門付近にある青い屋根の建物です。冒険者ギルドでは主に、無所属の冒険者、個人で依頼を受ける冒険者に向けた討伐系以外の依頼を扱っております」

「そうだったんだ。ありがとう！」

自分が承知していたシステムと変わってはいたが、修太郎は特に気にすることもなく、受付NPCにお礼と別れを告げ外に出る。

ギルドの入り口でキョロキョロした後、それっぽい建物を見つけた修太郎は表情を明るくした。

（あ、ちょうど大勢出てきたあの建物かな？）

目的地には大勢の人だかりがあった。

鈍色《にびいろ》の鎧《よろい》を着た集団が城門から外へ向かうのが見える——エリアの攻略に向かうのか、単純に狩りに向かうのかは分からないが、彼等の纏うその特徴的な鎧はβ時代でもよく見た〝紋章〟の制服。

「プニ夫《お》の鎧もかっこいいけど、やっぱ紋章ギルドの制服かっこいいなぁ……」

そんな事を呟《つぶや》きながら、数にして30人ほどのその集団を見送りつつ、修太郎は入れ替わるようにして青色屋根の建物へと入っていったのだった。

＊　＊　＊　＊

紋章ギルドのエントランス。

天井から下りる巨大な旗、大理石の床。

行《ゆ》き交《か》う鎧を着た人々にも活気が感じられる。

かつて引《ひ》き籠《こも》りと不眠不休で見回りするプレイヤーとで混沌《こんとん》としていたアリストラスだが、魔導結界のお陰《かげ》で安全が確立され、ギルド内は連日賑わっている。

紋章ギルドの討伐部隊も、全40部隊にまで膨《ふく》らんでいる。

それは、かつての非戦闘民からもポテンシャル（ステータスや優秀な固有スキル）の高いプレイヤーが発掘され、戦闘訓練を経《へ》たことで戦力として認められた結果といえる。

そこに、一点をぼーっと見つめる一人の女性がいた。

（ふぅ。最前線参加組合計32名無事出発、と。なんか寂しくなるなぁ）

冒険者達の窓口に抜擢《ばってき》された、かつては名の知れた会社の受付業務に携わっていた受付嬢――ルミアである。

かわいいというより、美人系。

丁寧な対応と親しみやすいその性格で、今やルミアは紋章ギルドの名物受付嬢となっていた。

仕事量の膨大《ぼうだい》な受付であるが、冒険者ギルドのようにNPCを起用しない理由に、NPCには真似《まね》できない〝気遣い〟がある。

NPCは、ただ機械的に依頼を請け負《うお》い無責任に送り出すだけで、初心者の戦闘経験やパーティ構成などに配慮しない。そのため、適正レベル帯の依頼でも死亡率や負傷率は高い。

その点、プレイヤーならば声掛けができて最適なパーティ構成で送り出すことができるため、死亡率や失敗率を下げるためにも受付は人力で行う必要があった。

（よし、一区切り……かな）

グググッと、伸びをするルミア。

侵攻発生時、あまりの恐怖に宿屋で布団《ふとん》を被っていた彼女だったが、凱旋《がいせん》するワタル達を見て勇気をもらい、脱・引き籠りを決意した非戦闘民の中の一人だ。

戦闘が不得意なのは相変わらずだが、彼女は彼女で自分の居場所やできる事を見つけ、日々ギルドの活動に尽力している。

ンハァとだらしないため息と共に目を開けると、目の前には見慣れない男の子が不思議そうな顔で立っていた。

「うわっ！」

「わっ!?」

ルミアの体が跳《は》ねる。

机に足をぶつけた音で、今度は修太郎の体が跳ねた。

「ご、ごめんなさい。気付かなくて……」

「こ、こちらこそ……」

椅子《いす》に座り直して咳払《せきばら》いを一つ。

改めて眺めても、やはり初めて見かける男の子だということが分かる。

（見たところ11……いや、13歳くらい？　今まで宿屋に籠《こも》っていた組かしら？）

観察しながら、そんな事を考えるルミア。

大人も子供も皆等しく〝レベル〟と〝ステータス〟によって価値が決定されるこの世界。子供達は特にその全能感に酔い、大人の制止も聞かず無謀な挑戦を繰り返し数をどんどん減らしている――そんな中で、未だ戦闘に意欲的で命のある15～16《ミドルティーン》や10～14《ローティーン》の存在は貴重であった。

（籠っていた組も続々と外に出てきてる。紋章ギルド《私達》の負担が減るから良い傾向だけど、こんな小さい子を外に出すのはやっぱり気が引けるなぁ……）

最前線で活躍する十代も大勢いる事をルミアは聞いている。

人を見た目で判断はできないのだが、受付嬢のルミアは子供達を毎回、断腸の想《おも》いで送り出すのだ。

目の前の子供のname tag《ネームタグ》には《修太郎》とあり、名前が白く表示されている事から紋章ギルド未所属であることがわかる。

「紋章ギルドへようこそ。最初に確認ですが、紋章ギルドの方ではありませんね？」

「はい、入っていません！」

元気よく答える亜麻色の髪の少年。

ルミアは微笑《ほほえ》みながら頷《うなず》き、人差し指を立てながら得意げに、お決まりの営業勧誘を始める。

「紋章ギルドに所属していただくと、税抜きで報酬が受け取れます。その他様々なサポートをお約束いたしますが、いかがいたしますか？」

「んー、まだ大丈夫です！」

「そうですか、失礼いたしました」

ギルドへの加入はあくまでも任意。

特にデメリットがない分ルミアは子供には特に強く勧《すす》めたいのだが、ここは一旦引き下がる。

「では今日はどのような用件でしょうか」

すると修太郎はちょっと考えるように、壁際に設置された掲示板に視線を送りながら、それに答えた。

「パーティで挑む依頼を探しています！」

「はい、ございますよ。どんな依頼をお探しですか？　例えば〝捜索系〟〝討伐系〟〝お使い系〟〝護衛〟などがございますが」

「あ、依頼内容はなんでも良いんですが――」

そう言って、修太郎は一呼吸置くと――

「〝召喚士《サモナー》〟がいるパーティに入りたいんです」

と、伝えたのだった。

＊　＊　＊　＊

修太郎が召喚士を探す理由。

時間は一ヶ月前まで遡《さかのぼ》る――

「おんなじモンスターでも覚えてるスキルやステータスは違う……この子の適性は兵士じゃなく魔法の指導者、かな？」

ダンジョンコアが輝く楽園レジウリア。その町並みが見下ろせる小高い丘に、修太郎はいた。

膝上《ひざうえ》にスライムのプニ夫を置き、ダンジョンメニュー画面を忙《せわ》しなく操作している――どうやら適当に決められていたモンスター達の役割を見直しているようだ。

【ダンジョンマスターの手引き：その１４　モンスターの適性を理解しよう】が、完了されました。実績解除報酬が贈られます。

「ふぅ。後どのくらいあるんだろ、これ」

視界端に現れたポップアップメニューをタップし、報酬を受け取った修太郎は、ずらりと並んだ未達成項目の量に、深いため息を吐《つ》いた――

デスゲーム開始直後にさまざまな偶然が重なった結果、未実装のボス達を配下に収めた修太郎。その際、本来であれば長い時間とコストを掛けて達成されるはずだった『実績』の多くが解除され、膨大な報酬を得ている。

しかし、解除された実績のほとんどが『○○というモンスターを仲間にする』とか『モンスターを○○種類集める』などであった。

そのため修太郎は現在、残りの実績を解除するついでに、ダンジョン運営の基本的な知識を学んでいたのだった。

「あれ、この子なんか変なの付いてる」

引き続きモンスターのステータスや状態を確認していた修太郎は、町内を走り回る子供の一人に妙《みょう》な表示を見つけた。

ラッテ　Lv.14　女
固有スキル『負けん気』
状　　態『不幸』

ステータスと同時に対象モンスターの姿が映し出されており——ラッテという名前の魔族の子供が行く先々で転ぶ・人にぶつかる・物を失《な》くすなどなど、正に『不幸』が少女を取り巻いていた。

(〝毒〟とか〝麻痺《まひ》〟とは違うのかな)

ダンジョンメニューにある治療を行っても、少女の状態は回復しない。

「あっ!」

そんなこんなをしているうちに、その少女が動物に追いかけられている事に気付く修太郎——とっさに少女を『モンスターボックス』に戻し、その場から緊急離脱させた。

【ダンジョンマスターの手引き:その28　病気を治そう!】

(病気、なのかな?)

現れたポップアップメニューに疑問を覚えつつ、修太郎は手順に沿って少女のステータスを表示する。

ラッテ　Lv.14　女
固有スキル『負けん気』
状　　態『不幸』

状態を『正常』に変更しますか？

はい（200P）　いいえ

（そっか、ダンジョンポイントを使って取り除けるんだ。なら……）

保持するダンジョンポイントは優に億を超えているため、迷わず『はい』を選択する修太郎。

ダンジョンポイントが消費され――

「あ、いたいた。主様」

「わっ！」

突然の声掛けに体を跳ねさせる修太郎。

後ろを振り返ると、そこには微笑みを浮かべた金髪の騎士《バートランド》が立っていた。

「何かされてました？　すみません、邪魔しちゃいましたか？」

修太郎はメニュー画面を閉じ、プニ夫を拾い上げて向き直る。

「ううん、平気！　皆揃《そろ》ったのかな？」

「はい。代表して俺がお迎えにあがりました」

「ありがと！　じゃあ行こう！」

二人は談笑しながらレジウリアを後にし、魔王達が待つ王の間へと向かった。

＊　＊　＊　＊

魔王達の視線が修太郎に集まる。

「ごめんごめん。じゃあ早速なんだけど」

修太郎が魔王達を集めた理由は、ｍｏｔｈｅｒの思惑・目的について心当たりがあるかどうかを問うためだった。

何を成《な》せばプレイヤーは解放されるのか。

メール文章にある意味深な言葉の意味は？

「ｍｏｔｈｅｒの思惑ですか……」

執事服《エルロード》は考え込むように口元に手を当てた。

「うん。侵攻ってものはなんとか止められたんだけど、プレイヤー《僕達》側の目的がよく分からなくて」

ｅｔｅｒｎｉｔｙの世界は〝大都市アリストラス〟から始まり、ほぼ一本道でエリアが連なっているのが特徴的である。

そこから続く〝イリアナ坑道〟や〝ウル水門〟の名前から察せるように、エリアの名前は〝あいうえお順〟で決められている。つまり、アリストラスから離れるにつれ敵のレベルやエリアの難易度は上がっていくのでは――というのが、プレイヤー達の見解である。

ＲＰＧ的に考えるのであればエリアの終着点〝わ行〟の最後に、目的とする存在が待っていると考えるのが普通……しかし、ｍｏｔｈｅｒからのメールにそんな記述はどこにもない。

手掛かりといえば、〝彼を破壊するまで戻れません〟という文章くらいである。

「つまり彼とは、少なくともキング・ゴブリンでは無かったということですね」

白い少女《バンビー》が呟く。

侵攻から非戦闘民達を守り、侵攻の根源であったキング・ゴブリンを撃破するのが目的であるなら、今頃全員がログアウトできてもおかしくはない。しかし、修太郎のログアウトボタンは未だ黒いままである。

「彼か。なるほど、とすると我々の誰か――という可能性もあるな」

眉を上げ不敵に笑う巨人《ガラス》。

「そんなら、順当に考えてエルロード《序列一位》の旦那《だんな》だろうなァ」

「それは否定できませんね」

愉快そうに目を細めた金髪の騎士《バートランド》の言葉に、エルロードも同意する。

修太郎は表情を曇《くも》らせ、プニ夫を抱く力を更に込めた。

「――まぁ我々の誰か、という可能性はこの際置いておきましょう。あらゆる手段を尽くしても〝彼〟とやらが見つからなければ、その時はじめてその可能性を考えればいいと思います」

修太郎の変化をいち早く感じとったエルロードが、素早くフォローを入れる。

「私は一人、心当たりがある」

バンピーが手を挙げると、修太郎が「本当!?」と声量を上げ聞き返した。

主の嬉《うれ》しそうな顔を間近で見たバンピーは、鼻を膨らませ得意げに指を立てる。

「闇の神を名乗ってるアレの事ではないかと」

「あぁ、アレか」

バンピーの言葉に、ガララスも納得した様子で頷く。

「アレって?」

「全ての世界を創《つく》ったとされるｍｏｔｈｅｒの子で、我々をこの城に隔離した張本人ですよ。確か名前は――闇の神ヴォロデリア」

修太郎はその〝ヴォロデリア〟という名前に聞き覚えはなく、愛読していた攻略サイト〝βテスター・ヨリツラが行く！〟にもそんな記述は無かったと認識していた。

この世界の中だけの常識、あるいはデスゲーム化に伴《ともな》って生まれた設定か。

「ヴォロデリアを〝彼〟と想定するのであれば目的は単純ですね。主様、私を外界へ連れて行ってはもらえないでしょうか」

「いいけど、どうするの？」

「ヴォロデリアがいるとされる場所に心当たりがあります。空から向かえば闇の神の姿を拝《おが》めるかもしれませんし」

エルロードの言葉に頷く修太郎。

「主様、それでよろしいでしょうか？」

「もちろん！　それじゃあエルロードを対象にして……と」

他の魔王が何か言う暇もなく、その言葉を最後に二人とプニ夫《いっぴき》の姿が消え、五人の魔王だけが残された。

「ヴォロデリアが目的ならば、奴等《やつら》が相当邪魔をするだろうな」

「となれば空からも陸からも無理ね」

難しそうに腕を組むガララス。

「………」

複雑そうに沈黙するバートランド。

バンピーも何か知っている口ぶりで呟きながら、自分の世界へと消えた。

＊　＊　＊　＊

アリストラス——上空。

既《すで》にダンジョン生成で開けた穴は爪楊枝《つまようじ》の先よりも小さくなっており、空から一望するとアリストラスの地形がよく分かる。

「空飛ぶなんて初めて！」

「このままロス・マオラに向けて飛びます」

初めての大空に感動する修太郎。

エルロードは、地図上でいうロス・マオラの方向へと加速した。

『ここからは念話で会話しましょう』

『舌噛《したか》む所だった！　わかった！』

ィィインと風を切る音を響かせながら二人は滑《すべ》るように空を飛んだ。

＊　＊　＊　＊

同時刻、遠く離れたエリアの上空に、突如《とつじょ》として歪《ゆが》んだ空間が現れていた。

『排除せよ』

それは不定形な黒いヘドロのようなものとなり、徐々《じょじょ》にその形を変えてゆく。

それは巨大な怪鳥になった。

朽《く》ちた木のような体に、風船のように膨らんだ腹。鋭く尖《とが》った嘴《くちばし》と、大きな羽が特徴的だった。

ここはどこだ――？

怪鳥は周囲を見渡し、自分が縄張りとしていた塔の上ではないことに気付く。

体に紫電が走り、怪鳥の唸《うな》り声が轟《とどろ》く。

脳内にも、体と同じようにして電撃が走った。

『排除せよ』

脳内に響く男の声。

怪鳥はその男の声に聞き覚えがあった。

己はその男に会っている。

己はその男に封印されたのだ。

塔の上で王として君臨していた怪鳥は、突如として自分の前に現れた男の顔を思い出す……しかしその刹那《せつな》、再び電撃が怪鳥の脳を、体を貫いた。

己は、ここへ向かってくる者を排除する役目である――と、全ての思考が放棄され、その文言だけが脳内を延々と駆《か》け巡《めぐ》る。

空のウラガン。

それが怪鳥の名前である。

本来こんな場所にいるはずのない存在。

そのレベルは110を超えていた。

eternity公式データにも載っていないこのモンスターは、ある種、魔王達と近い存在であった――

怪鳥は鳴き声をあげた。

周囲を飛んでいるモンスター達の目の色が、白く濁《にご》ったように変色する。そして怪鳥に付き従うように並走してその数を増やしてゆく。

『排除せよ』

怪鳥が呼ばれておよそ3分。

付き従う眷属《けんぞく》達はおよそ200の大群となり、ある一点を目指して飛んでいった。

＊　＊　＊　＊

空気が変わった。

飛翔《ひしょう》するエルロードは異変に気付いた。

（彼が動いた、わけではなさそうですね。しかし向かってくる者もなかなか……）

前方に広がる黒い集合体を恨めしそうに見つめながら、それでも速度は落とさない。

『お体に異変などございませんか？　上空は肌寒いでしょうから』

『ううん、エルロードの魔法のおかげで快適だよ！』

エルロードは修太郎に魔法による防寒、風切り、そして加護を付与しており、修太郎は何不自由なく空中散歩を楽しんでいた。

（あれですね）

前方に黒い塊《かたまり》が見えてきた。

近付くにつれ、それらの形がはっきりと分かるようになってゆく。

『ん？　エルロード、あれって……？』

『ご心配なく』

大群に気付いた修太郎が不安げな声を上げるも、エルロードはいつもの調子でそれに答える。

『《時の番人》《至高の魔力》《はじまりの印》』

エルロードの手に小さな魔法陣が現れた。

エルロードの右手がゆっくりと動く。
ズ、ズズズ、と、異音と共に空間が歪む。
エルロードがその手をずらしてゆくと、その動きに合わせて空間が削られ、鳥の大群は抵抗する暇もなく次々にその数を減らしていく。そしてそれは、群れの中にいた怪鳥も例外ではなかった。

『《喰らう者《ファルア》》』

死。

なす術《すべ》なく消されていく眷属達を眺めながら、怪鳥は対峙《たいじ》する存在への戦意をすでに失っていた——怪鳥が弱者だったからではない、怪鳥もまた強者であるが故《ゆえ》に、相手の力量を正確に把握したからだった。

『なんだったの?』

『分かりませんが、問題もありません』

不思議そうに首を傾《かし》げる修太郎。

エルロードは顔色ひとつ変えずにそれに答えた。

＊　＊　＊　＊

ィィインと風を切る音と共に、猛スピードで空を移動する修太郎達――しかし、快適な空の旅に、突然終わりが訪れた。

『なにやら赤いモヤがたってますね』

見れば、視界の先に半透明の赤色のモヤが、まるで壁のように端から端まで続いていた。

エルロードはその近くまで行き、モヤに手をかざす。

『なるほど、精霊結界ですか』

手を突きながらエルロードはそう呟いた。

エルロードの手はモヤに阻《はば》まれていた。

それはまるで色付きのガラスに触れたよう。

『精霊結界？』

『闇の神に従う四体の精霊です。これは恐らく火の精霊によるもの……ヴォロデリアがいる場所まで精霊達の結界が邪魔していると考えられますね』

『破壊はできないの？』

『精霊といえど神の直系卑属《ひぞく》に当たりますからね。一度下に降りましょう』

そう言って、エルロードはゆっくりと下降していった先――そこは剝《む》き出《だ》しの宝石が剣山のように突き出したエリアである、ソーン鉱山であった。

〝ソーン鉱山〟。

魔導具の核となる〝ソーン鉱〟が採《と》れる古代の産物。かつて大いに繁栄と破壊を繰り返した大国ムスキアの失われた技術《ロストテクノロジー》によって全ての鉱物が〝ソーン鉱〟へと変化し、ムスキアの民はそれらを原料に様々な魔導具、魔導兵器、魔導兵を作り上げた。彼等の繁栄の象徴たるこの山は、ムスキアが滅んだ今もなお、鉱石を生み出し続けている。

「わぁ……！」

幻想的なその山に見惚《みと》れる修太郎。

ソーン鉱山入り口付近へと降り立った修太郎とエルロード。鉱山への侵入を阻《はば》むように、地平線の彼方《かなた》まで赤色の結界が伸びている。

「なるほど、これは厄介《やっかい》ですね。コレは本質的に〝破壊できないもの〟の可能性があります」

「難しそう？」

「一度試してみましょう」

そう言って、エルロードは修太郎とプニ夫を抱いて鉱山から離れた場所に置くと、修太郎達に向け「《時の番人》《至高の魔力》《魔法結界》《聴覚保護》《視覚保護》」と唱えた後、鉱山から伸びる赤の結界に視線を移した。

「《時の番人》《至高の魔力》《はじまりの印》」

掌《てのひら》の上に現れた小さな魔法陣。

そしてエルロードの周囲に黄金の懐中時計《かいちゅうどけい》のエフェクトが弾《はじ》けた刹那——巨大化した夥《おびただ》しい数の魔法陣が周囲に展開され、それらがそれぞれ回転、中央の〝印〟が光を放つと同時に、空気が、大地が震えるほどの魔法が完成する。

「《神喰らう深淵《イデア》》」

修太郎の視界が漆黒《しっこく》に包まれる。

聴覚保護と視覚保護による恩恵で、現在どうなっているのかを知ることができた。

それぞれが巨大な砲台となった魔法陣から放たれた極大の黒い光線が赤の結界と激突する——周りの木々は荒いポリゴンの集合体と化し、まるで突風に煽《あお》られた細枝のように湾曲しながら自らのいるべき場所に必死に留《とど》まろうとしている。

オブジェクトにすら影響を及ぼす魔法。

エルロードが放ったのは第十二階位魔法。

120到達者《オーバーロード》のみに許された最高位の魔法である。

世界が割れる程の威力を孕《はら》んだその魔法を受けた赤の結界は、しかしその力を〝消し去る〟ようにして、一切の変化が見られない。

ほどなくしてエルロードが魔力の供給を止めると、周囲に徐々に世界が戻ってきた。そして10秒ほど経《た》ったあとには、エリアは元どおりになっていた。

「効果なしですね」

「う、うん」

何事もなかったように振り返るエルロードに、唖然《あぜん》とする修太郎。

彼が使ったのは、固有スキルと魔法だ。

彼の固有スキルである《時の番人》と《至高の魔力》はそれぞれ、あらゆる時間制約を無効化する能力と、魔法に掛かるMP《精神力》消費を1／10にする能力。

この二つがある限り、エルロードは魔法発動に要するキャストタイム、発動後のクールタイムを無視し、低コストで何度でも魔法を撃ち続けられるのである。

そして使った魔法……《神喰らう深淵》は、魔族の頂点たる彼にしか使えない技であり、その威力ゆえに彼はまだこの魔法を生物に対して発動した事はない――それほどの魔法であった。

修太郎は顔を青くしながら、エルロードの序列一位たる所以《ゆえん》を垣間見《かいまみ》た気がした。そしてそのエルロードの魔法でも破壊できない事実を知り、修太郎の中にある確信が生まれていた。

「なるほど！　つまりここに入るためには、何かを終わらせないと進めないってことか！」

「主様、心当たりがおありですか？」

「うん。ゲーム《こういうの》では常識だよ！」

修太郎は、この結界がどうやっても破壊できないのは威力不足ではなく〝必要なもの〟が足りていないからだと推測していた。

威力不足が理由ならば、きっとプレイヤー達はいつまでもこの世界から出られないだろう――とも思っていた。

「たとえば前のエリアにここの結界を壊すヒントとかが残されていて、それをどうにかすると道が開かれるんじゃない!?」

「流石《さすが》は主様。もうすでに確信がおありですか」

「うん、きっとそう!」

修太郎はβテスター達が苦戦したキレン墓地には〝鍵が無いと入れなかった〟という記事を思い出していた。つまりはこの結果も、鍵が必要だろうと考えたのだった。

「それではここより一つ前——つまりセルー地下迷宮に行く必要がありますね」

「お願いできる?」

「仰《おお》せのままに」

そう言って、エルロードは再び修太郎達を優しく抱いて飛び立った。

あとには静寂だけが残った。

＊　＊　＊　＊

〝セルー地下迷宮〟。

世界に三箇所存在する巨大な迷宮のひとつ。

かつて迷宮を生み出す異能を持った賢者が造ったとされるその迷宮は、侵入者を排除する魔物や罠《わな》が存在する。周囲には高濃度の魔力が漂い、それらは魔物にとって最高の餌《えさ》であり、人間には毒となる。ここで喰われた者は迷宮の糧《かて》となり、迷宮は更に大きくなってゆく。

「ここですね」

「うん、ありがとう！」

不自然な石のアーチの前に降り立った修太郎達。アーチの間には水面《みなも》のような質感の紫色の空間が続いており、ここが迷宮前であることが見て取れた。

ここを解き明かせば結界を破壊できる――

そう思った修太郎が一歩進むも、その空間をぐるぐる巻きに施錠《せじよう》した無粋《ぶすい》な鎖《くさり》が行く手を阻んでいた。

「そっかあ、ここも鍵がいるんだ」

「破壊を試してみますか？」

「あ、それは大丈夫かな！」

掌に小さな魔法陣を浮かばせたエルロードを制止しながら、修太郎は少し困ったように「うーん……」と唸り、何かを閃《ひらめ》く。

「やっぱり詳しいプレイヤーに聞くのが一番早いよ！　プレイヤーなら鍵のこと何か知ってるかもしれないし！」

修太郎はプニ夫に頼んで黒騎士の姿となる。

その言葉にエルロードも頷く。

「では主様と似た気配のする存在が多く集まる場所に向かえばよろしいですか？」

「待って。アリストラスは多分人は多いけど詳しい人はいないかも知れないから、なるべく修太郎の要望を聞き、エルロードは再び空へと飛び立った。

「かしこまりました」

地下迷宮《こ こ》に近い所で！」

＊　＊　＊　＊

〃サンドラス甲鉄城〃。

荒野にひっそり佇《たたず》む巨大都市。

最前線プレイヤーの拠点である。

失われた技術《ロストテクノロジー》である〃機械〃の力を使い発展を遂《と》げたこの城は、かつて空を駆けた巨龍《きよりゆう》ソロモスを貫いた魔導砲が備わっているという。都市を守る魔導兵は高い戦闘能力を有し、周辺の魔物や植物は全て焼き尽くされ、その地には焼《や》け爛《ただ》れた荒野だけが広がっている。

サンドラス付近の岩場に降り立った修太郎達は早速、鍵のありかについてや赤の結界についての情報を集めるため城門をくぐった。

すれ違い様、修太郎は門の両脇に佇む屈強《くつきよう》そうな二体の魔導兵を見やる。

(門番NPCもレベル30だ……)

最初の拠点から離れていくにつれmobの強さが上がっていくように、そこに住むNPC達も強くなってくる。NPCの強さを見れば、その付近のエリアに出るmobの大まかなレベルが把握できる。

この辺りの適正は20~30。

つまり今の修太郎（レベル31）でも、無茶をしなければ適正レベルといったところ。

他の最前線プレイヤーは平均すると38程度のレベルがあるが、未だにサンドラスが拠点となっているのには別の理由がある——

修太郎はどこかへ足早に向かうプレイヤーを見つけ、緊張しながら声をかけた。思えば人と話すのはミサキ以来である。

「あの……」

「?」

修太郎には気付いていたが、無視する形で立ち去るプレイヤー。

修太郎《本人》は気付いていないが、プニ夫と一体化している修太郎の〝name tag〟は、PCとmobが合体するなど本来あり得ない状態だからか、文字化けした名前となっている。つまり他のプレイヤーから見れば、名前も分からない顔も見えない得体の知れない人物ということになる。

そんな事情を知《し》る由《よし》もない修太郎は、しばらく呆然《ぼうぜん》と立ち尽くす。

「急いでいたのかな」

「……主様相手になんと無礼な」

エルロードの纏う雰囲気が、ビリビリと空気を振動させているのだが、修太郎はそれに気付く様子もなく、めげずに新たなプレイヤーへ声をかけた。

「あの、この先のセルー地下迷宮について聞きたいことがあって……！」

「は？　セルー、なに？」

「ええと、石で作った水っぽい入り口のある……」

「お前、シオラ大塔がまだ終わってないのに別のエリア進もうとしてんのか？　どこのギルドだ？　足並み揃えろって散々言ったよな!?」

男のあまりの剣幕に、修太郎はたまらず逃げ出した。男は離れていく修太郎を眺めていたが、追い掛けてどうこうする事はなかった。

「こ、こわかった……」

「あの男、始末しましょうか」

「だめ！　人を攻撃したらだめだよ」

両手に青白い炎を纏わせるエルロードを止めた修太郎は、その後もセルー地下迷宮についての情報と赤の結界についての情報を聞いてまわった――

「だめだぁ」

会話を試みたのが30回を超えた頃、心が折れてきた修太郎は都市のベンチに深く腰掛けた。

傍《はた》から見れば、禍々《まがまが》しい黒騎士がベンチに座って項垂《うなだ》れるシュールな光景に見えるだろう。

(怪しんで会話してくれないなぁ……)

修太郎は思わぬ壁に直面していた。

黒騎士の姿が奇抜すぎるのと、修太郎からは何も情報を与えられないのとが相乗し、プレイヤー達は大いに怪しんだ。

挙げ句の果て、通報を聞きつけ傭兵《ようへい》NPCに追いかけられた修太郎。傍《そば》に立つエルロードもどうしたものかと頭を悩ませていた。

「この姿はかっこいいけど、協力して活動するには向いてないんだね」

「力だけでは解決しない問題もあるようですね」

「でもこの姿を取らないと、エルロードや皆を連れて歩けないもんね……」

元の姿で魔王達を連れて歩けば、他のプレイヤー側からの見え方次第では修太郎の立ち位置が危ぶまれる。修太郎としてはそれでもいいと考えていたが、魔王達が必死にそれを止めている。

黒騎士の姿ならば、他人にどう思われようと修太郎を縛る事はできない。ただ今回のように必要な時プレイヤーの協力を得られないとなれば、絶対的に武力でどうにもならない場面に遭遇した際、急ブレーキとなる。

孤高の道を取るか、

共存の道を取るか、

「よし。決めた！」

修太郎は立ち上がる。

「何か策がおありなんですね」

「うん！　とりあえず一度みんなの所へ戻ろう。色々話したいことあるもんね」

「承知いたしました」

エルロードは再び修太郎達を連れ飛び立った。

＊　＊　＊　＊

ダンジョンに戻った修太郎達。

そこで語られた修太郎の秘策を聞き、先ほどまで一緒にいたエルロード含めた魔王全員に衝撃が走った。

「一人で都市に……ですか？」

「流石に危険がすぎます！」

エルロードとバンピーが修太郎に詰め寄る。バンピーはエルロードに向かって「なんでこうなったの」とでも言いたげな鋭い視線を浴びせた。

修太郎の策とは、一人でアリストラスに赴《おもむ》き他のプレイヤー達とパーティを組み、交流を始めることである。

「まず今日見てきた事につきましては、私の方から説明させていただきます」

そう言って、修太郎から引き継ぐ形でエルロードは話し始める。精霊による結界についてや地下迷宮の鍵について、都市内で修太郎と会話をしてくれる人が皆無だったことについてを淡々と語っていく。

ガラスは興味深そうに〝結界〟について尋ねる。

「やはり四箇所に邪魔が入っていたか。第一位の最高位魔法でも突破は難しいとなれば、恐らく祈りか何かを捧《ささ》げてるのではなかろうか？」

「恐らくそうでしょうね」

エルロードは難しい表情でそう答える。

修太郎は聞き慣れない言葉に首を傾げた。

「祈りって？」

「信仰する神に己の全てを捧げることで発生する〝信仰心〟が具現化したもので、信仰を捧げる姿形をとって〝祈り〟と呼んでいます。もたらされる効果として、その場所を基盤とした結界が発生し、神以外の往来を防ぎます。それが四大精霊ともなれば、あの規模もうなずけますね」

エルロードの補足説明に、半分も理解が及んでない修太郎。試しに胸の前で手を合わせるも、当然のようになにも起こらない。

本来、この世界における祈りというのは聖職者が神を想って行うことで発動する〝スキル〟の類《たぐい》であり、効果でいえば、かつてワタルがキング・ゴブリンに対して展開した《聖域》よりも狭い範囲を守る結界のようなものが発生する。

たとえばフィールドで一度休憩を取りたくなった時や負傷の治療に安全な場所が欲しい時な

どに、これを用《もち》いることで簡易的な安全地帯《セーフティーエリア》を作り出すことができる――といった効力を持つ。

その結界は、祈りの力に応じて硬度が変わる。

精霊という、神に近い四体の存在が闇の神ヴォロデリアを信仰している。結界が及ぶ範囲、そして硬度はこれで説明がつく。

厄介そうに唸るガラス。

黒髪の騎士《セオドール》が尋ねる。

「つまりヴォロデリアの根城へ行くには四大精霊の祈りを解いてから……そういう事か？」

「その通りです」

エルロードが頷く。

セオドールは「それは骨が折れそうだな」と、面倒くさそうにひとりごちた。

「祈りを解くには直接会って止めるしか方法ないんだよなァ。そもそも精霊を見つけ出す所から始めないとだけど、そのアテあんの？」

「ええ、大方の予想はついてます。ただ、その場所にも奇怪な錠が施されており、同様に壊せる類のものではありませんでした」

「なるほど、そりゃあ面倒だなァ」

バートランドは口にくわえた煙草《たばこ》のような物を上下に動かしながら、ため息混じりに虚空《こくう》を見つめた。

「そこで僕が一人で町に行く理由に繋《つな》がるんだ。その鍵の場所や精霊の場所――それらをいろんな人と話して聞き出すのにはもってこいだと思う！」

そこまで聞いて、エルロードはなるほどと沈黙する。状況が飲み込めていない銀髪《シルヴィア》の美女が首を傾げた。

「失礼、主様。あの鎧姿ではなく、スライムの形状変化で何か別の……たとえば他の民の姿を借りて溶け込む方法では問題があるのでしょうか」

その疑問にセオドールが答える。

「体を覆っているものがスライムだと見抜くものが現れれば、どんな姿を形作っていても同じ事。それならば黒の鎧姿で我々を横に置いた方が賢明だ」

目を伏せながら冷静な口調で言うセオドール。

それに納得したのか、シルヴィアは沈黙する。

「なるほど。他の者達から情報を集められれば、情報をもとに鎧姿で我々と対応できますからね」

「場所さえ分かれば主様が行かずとも我々が向かえば事足りるな」

そう呟くエルロードと、満足そうに頷くガラス。

しかし、ここまで口を噤《つぐ》んでいたバンピーが声を上げた。

「危険すぎます。それはつまり主様が、アビス・スライムの防御力も捨てた状態で行動するという事でしょう？　我々が近くに待機するのは当然としても……我々は、我々はどんな気持ちで主様を送り出せばよろしいのですか！」

王の間に静寂が落ちる。

修太郎はバンピーに笑顔を向けた。

「セオドールに貰《もら》った武器もあるし、危なくなった時は無理せず皆を呼ぶよ！　だから皆も僕を信じて送り出してほしいな」

魔王達はそれを黙って聞いていた。

修太郎はプニ夫を撫《な》でながら続ける。

「それに、心配をかけるのはこの一度きりですむかもしれないし」

「……そうなのですか？」

すがるような表情でバンピーが尋ねる。

修太郎は元気よく頷いた。

「うん！　僕が職業を〝召喚士〟に変えれば全部解決するかもしれないから！」

実のところ、修太郎の秘策はあくまでも可能性があるというだけの話だ。それを理解しているエルロードは、かなり気を遣いながら答える。

「恐れながら我が主様。召喚士になる方法《そのほう》に賭《か》けるのは、やはり不確定な要素が多いと愚考いたします」

それに対しても、修太郎は笑顔を崩さない。

「召喚士として誤魔化せるのが一番だけど、ダメならダメで、そしたら僕はプレイヤー達《他の皆》とは違った道で最初の町からどんどん解き明かして〝打倒、闇の神〟をすればいいだけだよ！　それならどっち道、皆と一緒に歩けるもんね」

修太郎の言葉に、魔王達の瞳が揺れた。

この人は……このお方はあくまでも我々〝魔王達〟と共にありたいという道を優先して選択している。それも危険を冒してまで──その事に気付いたから。

魔王達は感極まり言葉を失う。

なんと慈悲深きことか。

なんと大きく深い器だろうか、と。

衝動に突き動かされ、バートランドが立ち上がる。そして片膝を突き、こうべを垂れた。

「主様、俺に主様の稽古《けいこ》をつけさせてください。主様の信念、優しさ、俺はそれに応えたい。それはきっと外界で役に立つことでしょう」

バートランドの言葉に、修太郎は笑顔を咲かせる。

「ならせっかくだし、修行はバートランドの世界でやりたい！　行ったことないし！」

修太郎の提案に、バートランドの表情が明らかに曇っていった。

バートランドはしばらく悩んだ後、修太郎にある条件を付けた。

「では約束してください。俺の世界では鎧の姿で行動すると……」

とある事情により、修太郎に危害が及ばないとも限らない。バートランドは申し訳なさそうにそう告げた。

修太郎は小首を傾げながらもそれを了承した。

「……わかりました。ご案内しますね」

「やった！」

プニ夫を連れた修太郎とバートランドが王の間から退出し、五人の魔王が残された。

しばらくの沈黙――

神妙な面持ちで語り出したのはエルロードだ。

「ヴォロデリアの目的はまだ不透明ですが、ハッキリと分かったことがあります」

パタン、と、本を閉じ、エルロードは続ける。

「ゴブリンの件や今回の鳥型の件から鑑《かんが》みるに、ヴォロデリアは〝戦闘能力の低い・戦う意思のない者達〟と〝正規の手段以外の方法で先へと進もうとする者〟の二種類を消そうと動いています」

その言葉に、シルヴィアは首を傾げた。

「一体どういう意図で？」

「恐らくその者達は彼の目的には不要なのでしょう」

そして、再びの沈黙が落ちた。

〝負けイベント〟というものがある。

それはRPGゲームにおけるある種〝お約束〟のひとつで、その時点では絶対に勝てないレベルのモンスターと戦い、負けることでストーリーが進む――といったものである。

〝正しい道ではない〟ということをモンスターの強さによってプレイヤーに伝えるパターンも

あり、プレイヤー側は負けることでそれを学ぶことができる。

ｅｔｅｒｎ・ｉｔｙにおける負けイベントに当たるのが、この怪鳥だった。

ｅｔｅｒｎ・ｉｔｙ《この世界》は、無数に存在する試作世界の誕生・終焉《しゅうえん》を経て完成した世界である。

世界の終焉に繋がる理由はいくつかあるが、主な理由は〝覇者の誕生〟。ｍｏｔｈｅｒが理想とした世界は広大で無数のエリアに加え〝覇者〟がいないことが絶対条件だった。

魔王達がそうであるように、その世界で敵がいないほどに強くなりすぎた個体は、自らの領地《エリア》に飽き足らず、予測不能な動きをすることが多かったための措置である。

その者達は削除されたり幽閉されてきた。

しかし、魔王達以外にも例外がいて――中でもその三体は、単純なモンスターという身でありながら、自らの世界を滅ぼした最悪の個体達である。

空のウラガン
海のカナン
地のマカドゥス
かつての第３８４世界、第７１１６世界、第１０４２世界の最悪のモンスター達。

本来これらは先の理由から要《い》らなくなるのだが、ｅｔｅｒｎ・ｉｔｙが稼働した暁《あかつき》にその強さでもって不正を守護する役割としてだけ生かされている――いわばＧＭ的な存在であった。

その力は絶大。

レベルも１００を超えている。

この三体は、主に正規ルートから外れた場所から次のエリアに向かおうとした者を排除するために存在している。

空なら鳥型モンスターのウラガンが、海なら魚型モンスターのカナンが、地上なら獣型《けものがた》モンスターのマカドゥスが不正プレイヤーの前に立《た》ち塞《ふさ》がり、容赦なく襲いかかってくるのだ。

これはｍｏｔｈｅｒ側が「空を飛べる固有スキル持ち」が現れた場合、エリアそのものが機能しなくなるのを危惧《きぐ》して設置させた特殊ボスであったのだ。とはいえ、そんな負けイベントですら魔王達にとっては障害物にすらならなかった。

巨大樹がそびえる美しい世界。

苔《こけ》の生えたその木々に小さな動物達が集まり、小鳥が歌い、蝶《ちょう》が舞う。

鈴蘭《すずらん》にも似た大きな花の照明に照らされながら、白い石の道を進む修太郎《しゅうたろう》と金髪の騎士《バートランド》。

「綺麗《きれい》な世界だね」

「誰か招いた事なんてありませんでしたから、なんか照れますね」

修太郎は目を輝かせながら辺りを見渡す。

その横を、バートランドは頭を掻《か》きながら歩いていた。

しばらく進んだ先に、町が見えてきた。

「あれが俺達の国です」

「うっわー！　すっごいなぁ！」

森の中に突如《とつじょ》現れる巨大な滝。

四方が滝に囲まれた谷の中心に、石造りの町が栄えていた。

町まで伸びる白い橋だけが町に行くための唯一の道であり、谷の遥《はる》か底には水と混沌《こんとん》が入り混じっていた。

修太郎は恐る恐る谷底に目をやった。

「お、落ちたらすごそうだね……」

「歓迎されない者は入れないようになってますから。落ちたら最後、二度と上がれない濁流《だくりゅう》に吞《の》まれてポイです」

愉快そうに笑いながらバートランドは白い道をスタスタ進む。修太郎はごくりと生唾を飲み込み、金髪の騎士の後を追った。

（人が全然いない）

修太郎が一番に感じたのがそれだった。

造りも装飾も美しいその町に、住まう人——もといエルフは数えるほどしかおらず、そこに活気はない。

「かつては大いに栄えた国でした。数も、人とそう変わらないくらいにはいましたよ」

バートランドはうら淋《さび》しげなその光景をじっと眺めていた。その瞳には、在りし日の風景《記憶》を映していた。

冷たい風が、二人の間を吹き抜けた。

「一体何があったの？」

「話すと長いですから。さ、修行場に行きましょう」

バートランドはそれだけ答えると、優しく微笑《ほほえ》み、歩き出す。修太郎はその風景を目に焼き付けるように見つめながら、バートランドの背中を追うのだった。

＊　＊　＊　＊

全体に蔦《つた》が絡んだ白亜の城に着くと、城内の一角にある演習場でバートランドは立ち止まる。周りにはちらほらとエルフ達が集まってきていた。

ツルグル原生林周辺ｍｏｂ図鑑から引用すると、エルフ族は高い魔法才能を持つ人型の魔物であり、その高い知能から人との会話や共存も可能だったという。

全てのエルフ族が弓の名手であり、狩人《かりうど》である。彼等はツルグル原生林の奥地に集落を作り、人に隠れ最後の時を待つ――色白の肌と尖《とが》った耳の人型ｍｏｂ。

エルフ達は修太郎を興味深そうに観察しているようだった。

「さて……訓練といっても、ひたすらスキルを反復練習するだけです。主様はレベルこそ上がっていますが〝スキル熟練度〟は低いまま。俺がそれを引き上げます」

バートランドは仮想空間《インベントリ》から二本の木剣を取り出すと、一本を修太郎に差し出した。

スキル熟練度――

スキルの質を表すパラメータであり、レベル1から100までの数字が存在する。

この熟練度を上げたところで新しいスキルを覚えるわけではない。しかし、スキルの質が上がることで補正される威力や命中率、消費MP《精神力》を抑えたり発動時間が短縮されたりと、その恩恵は多岐《たき》にわたる。

たとえば、剣士のスキルである《三連撃》。

対象に強力な斬撃を三回まで与える攻撃スキルだ。

これのスキルレベルが1の場合、三回攻撃《スキルの性質》はそのままに威力が《130%》であるが、スキルレベル100の場合《330%》にまで上昇する。

プレイヤーはレベルアップや昇級《クラスアップ》によって新しく強いスキルを習得していくが、熟練度によってその威力は大きく変わってくるのである。

「スキル熟練度は上げるのすごく大変だって聞くけど、スキルの練習するだけでいいの?」

「はい。まあその辺はこの場所の特性と、俺の〝固有スキル〟でどうにでもなるのでご心配なく」

「うん、わかったよ!」

細かい事は気にするなタイプの二人。

バートランドが見守る中、修太郎の訓練が始まった。

バートランドが持つ固有スキル《生命の促進》は自然治癒能力などを高めるものだが、その本質は〝対象の成長を促進できる〟というもの。要するに、《スキル熟練度成長》や《必要経験値減少》などの効果である。

そしてこの場所、エルフの城には生命の源たる大樹《ニブルア》の大いなる魔力によってバートランドの力をさらに引き上げる――つまり短期間の訓練経験を効率よく、最大量吸収できるのである。

「まず最初に〝システムアシスト〟ってやつを切ってください。これがあると体が勝手に動いて気持ち悪いんですよ」

「ふーん？　ならそうする」

修太郎は言われた通りにメニュー画面からシステムアシスト機能をOFFにする。

NPCであるバートランドも、自分のメニュー画面ならば開くことができる。それは、プレイヤーに与えられた〝ゲーム的な要素〟はプレイヤー専用のものではなく、元々この世界に存在する常識として認識されているからである。

世界を急速成長させる過程で、motherがゲーム的要素を混ぜ込んだ結果である。ログアウト機能やフレンド機能こそないが、それ以外はNPCも等しく扱うことができる。

もちろん〝普通のNPCはメニューを開くという思考に至らない〟という大前提があるのだが……。

「《三連撃》っとと……！　あれ、一回しか剣が動かな――わっ！」

修太郎は《剣術》スキルの《三連撃》を発動させ、暴れ犬を散歩させる子供かのように、剣に振り回され尻餅《しりもち》をついた。

バートランドが駆け寄る。

「主様、大丈夫ですか!?」

「うん、全然平気！　でもなんだろ今の」

修太郎は木剣を眺めながら呟《つぶや》く。

バートランドが気まずそうに答えた。

「システムアシストがないと〝型〟みたいなものを自己流で組み立てないといけませんので、振るった剣の動きに体が引っ張られたんでしょう……申し訳ありません、最初はシステムアシスト有りでやりましょうか」

額《ひたい》を掻きながら言うバートランドに、修太郎は大きく首を振ってみせる。

「ううん、このままやろうよ！　その方が強くなれるんだもんね？」

「ああ、はい。先程は俺の指導が悪かったので、今度は細かく解説しながらやりますね。まず──」

そこから本格的に訓練が始まった。

修太郎は何度も尻餅をついては、バートランドに指導を受けて立ち上がり、めげずに何度も剣を振るうのだった。

＊　＊　＊　＊

しばらくして休憩となり、中庭に通された修太郎。

「綺麗……！」

「俺はちょっと用事を済ませてきますので、どうぞ遠慮なくお寛《くつろ》ぎください。再開は30分後にしましょうか」

「分かった！」

バートランドと別れる形で中庭へと駆け出す修太郎。

見上げれば、城を飲み込むほどの大樹があり、葉の隙間から差した木漏れ日を水面《みなも》がキラキラと反射している。

透き通った池にはカラフルな魚が泳ぐ。

石造りの橋を渡れば、そこには一般的にガゼボと呼ばれる屋根と柱だけの建造物が佇《たたず》んでおり、中にあるテーブルには美味《おい》しそうなお菓子と温かな紅茶が置かれていた。

「いい香り」

黒い鎧《よろい》を纏《まと》う修太郎がそこに座る。

メルヘンな空間に対してあまりにも浮いているのだが、バートランドとの約束を守り、鎧を顔だけ解いて紅茶を啜《すす》った。

鳥の囀《さえず》りが遠くで聞こえた。

(デスゲーム、なんだよね)

自分を取り巻く環境が他者より恵まれていることを自覚している修太郎。こんな静かな場所で安全に強くなれるレクチャーを受け、美味しいお茶を楽しんでいることに罪悪感を覚えていた。

初期地点であるアリストラスには、強くなることを諦め引きこもるプレイヤーは未《いま》だに沢山いるし、無法であるこのデスゲーム《世界》で弱者を殺すＰＫもいる――その点で言えば、かつての侵《しん》攻《こう》を終結させた修太郎の貢献度は計り知れない。が、魔王達のおかげで死から最も遠い場所にいる本人からすれば、自分だけ安全圏にいる罪悪感にずっと付き纏われているのも仕方のない事だった。

(ずるいって思われるよね。恐いって思われるかな。僕がちゃんと立ち回れていれば、死んだ人の数だってもっと……)

修太郎は力を持っている。

しかし、修太郎は決して強くはない。

そう、ワタル達のような強さはない。

主の心境の変化を察したプニ夫《お》が、スキルを解いて膝《ひざ》の上に乗る。

「プニ夫？　ありがと、ちょっとだけ……」

修太郎は下唇を強く噛《か》み、プニ夫を抱きしめた。

葉の擦れる音と、水の音。

そして大好きなプニ夫の感触が、束《つか》の間《ま》の癒《いや》しを与えてくれる。

「――誰？」

不意にかけられた声に飛び上がる修太郎。

視線の先には、見慣れない少女がいた。

少女は慣れた様子で石橋を渡ってくる。

「君は？」

「さきになをなのれ！」

ふんぞりかえるように言い放つ少女。

困った修太郎は「そうだよね」と呟きながら、改めて少女に自己紹介をする。

「僕は修太郎。このスライムは僕の友達のプニ夫だよ」

「わたしはヴぃヴぃあん《ヴィヴィアン》」

よろしく。修太郎が言う。

よろしく。ヴィヴィアンがうなずく。

「このこ、しゅーたろのともだち？」

「そうだよ。かわいいでしょ？」

「うん。触ってもいい？」

「いいよ」

ヴィヴィアンはプニ夫を優しく撫《な》でながら「いいなぁ」と、呟いた。

本来アビス・スライムは触れた相手を猛毒や虚弱などの状態にさせるのだが、修太郎を見て育ったプニ夫は安全そのものだった。

しばらくプニ夫に触れて表情を緩めるヴィヴィアン。

「……ッ!?」

ふと、修太郎に視線を送った彼女の目がカッと見開かれたかと思えば、大きく距離を取り両手に剣を構えたのだ。

その目は、顔は、憎悪に満ちていた。

向けられた剣先に明確な〝殺意〟が込められている。

「ひ、と!?」

燃え上がるような激情を向けられ、修太郎は久しく感じていなかった〝死〟への恐怖を抱く
――そして主の異変を察したプニ夫から瘴気《しょうき》が溢《あふ》れ出《で》る。

「ダメだッ！」

修太郎はプニ夫を抱きしめた。

修太郎の行動に動揺したヴィヴィアンは突如、黒いヘドロのような吐瀉物《としゃぶつ》を地面に撒《ま》き散《ち》らし、両膝をついて苦しみ出した。

「主様!!」

異変を察したバートランドが駆け付ける。

「僕は大丈夫！　でもヴィヴィアンが、ヴィヴィアンがプニ夫に……」

「ヴィヴィアン!?　部屋に居ないと思ったら、お前どうしてここに……！」

バートランドが苦しむヴィヴィアンの額に手を当てる――と、涙を流していた彼女の表情はフッと和らぎ、ほどなくして寝息を立てた。

泣きそうな顔で修太郎は駆け寄る。

「ごめん、僕のせいでプニ夫がヴィヴィアンを……」

「いえ、コレはアビス・スライムの瘴気にあてられたわけじゃないです。それに、プニ夫の旦《だん》

那《な》が攻撃するつもりだったら、妹は一秒と経《た》たず死んでます」

バートランドは横たわる少女の顔を綺麗に拭《ふ》いてやりながら、遠い目をしてそう答えた。

バートランドは修太郎に向き直り、深く深く頭を下げる。

「申し訳ございませんでした。やはりこの国に主様をお連れすべきではありませんでした。予想できていたのに」

「う、ううん。バートランドがここに連れてきてくれたのは、僕の希望を叶《かな》えたいっていう気持ちがあったからだもんね。だから恨んだりしないよ」

聖人君子の如き修太郎の言葉に、バートランドは改めて自分の考えの至らなさを痛感した。

「……返す言葉が見つかりません」

この場にエルロードやバンピーがいたならば、バートランドを叱咤《しった》しただろう。バートランドが言うように、これは予想できたトラブルだったから。

「ヴィヴィアンはどうしたの？」

修太郎の視線の先には横たわるヴィヴィアンが寝息を立てている。バートランドは償《つぐな》いたい気持ちから「話せることは全部話そう」と心に決め、語り出す。

「これは呪いによるものです」

「呪い？」

「主様はこの国の人口が少ない事を疑問に思ってくださいましたが、この呪いが関係してます。それを説明するには——我々を滅ぼした人族の話をする必要がありますね」

「人族が、滅ぼした……？」

バートランドは無言で頷《うなず》き、おもむろに衣服をずらして胸付近に埋まる瑠璃色《るりいろ》の宝石を見せた。

「これはエルフ族の魔力の源であると同時に命でもある〝生命の種〟と呼ばれるものです」

バートランドが見せたそれは、大樹ニブルアの種である。

赤子に大樹ニブルアの種を埋め込む事で、ニブルアの一部となり魔力と長寿を授かると信じられていた。

「人族は長寿の源であるこの種を求めた。森で静かに暮らす我々の仲間が人族に捕まり、胸に穴を開けて帰ってきたこともありました。そして最後にはこの種を生み出す母――ニブルアを略奪せんと人族が攻め込んできました」

しかし、その戦争は長くは続かなかった。

エルフ族に規格外の存在《バートランド》が居たからである。

フゥと、息を吐くバートランド。

エルフ族はニブルアと共に生き、ニブルアが枯れれば共に朽ちると誓いを立てている。故《ゆえ》に彼等はニブルアからは離れず、静かに森の中で暮らしているのである。

「人族は我々の仲間を捕らえ、呪いをばら撒く爆弾として戻した。そしてこの国の深部に来たところで爆破――その結果がこの有様です」

これが、エルフ族が数を減らしていることの顚末《てんまつ》である。修太郎の目の前で横たわるヴィヴィアンも人族からの呪いによって体を蝕《むしば》まれていたのだった。

バートランドは顔に影を落とし、修太郎に深々と頭を下げた。

「申し訳ございませんでした。そんな事情もあってエルフ族は人族に良い印象がありません。主様が姿を晒《さら》せば妹の様に逆上する者も多いでしょう。やはりこの場を修行に使うべきではありませんでした」

修太郎は慌ててそれに答える。

「ううん、そもそもバートランドとの約束を破ってプニ夫の鎧を解いた僕のせいだよ。それに、バートランドは僕を強くさせるための最善手を取ってくれただけじゃないか」

全ては主の期待に最大限応《こた》えるため――そんな必死さを、修太郎はバートランドから感じていた。感謝の気持ちこそあれど、責める気持ちなど湧くはずもなかった。

(呪い、かぁ……)

おもむろにダンジョンメニューを操作する修太郎は、バートランドの世界にいるエルフ達のステータスを確認した。

エルピス　Lv.74　女
固有スキル『大量釣り』
状　　態『死霊の呪い』

メイレーン　Lv.71　女
固有スキル『木渡り』
状　　態　『死霊の呪い』

レドトア　Lv.78　男
固有スキル『大地の恵み』
状　　態　『死霊の呪い』

トリーン　Lv.70　女
固有スキル『罠外《わなはず》し』
状　　態　『死霊の呪い』

（この死霊の呪いっていうのが、エルフ族を苦しめてる原因か）
見ればほぼ全員がこの死霊の呪いを受けており、バートランドに撫でられるヴィヴィアンもまた、呪いを受けていた。

ハトア　Lv.106　女

固有スキル『正統なる血』
状　態『死霊の呪い』

（あれ、名前が違う……？）

名前の違いに違和感を覚えながらも、修太郎は続いて表示された内容に目を奪われた。


状態を『正常』に変更しますか？

はい（17，730P）　いいえ

「あっ」

思わず声を上げる修太郎。

それはレジウリアで見かけた不幸な少女のステータスを表示した際、出てきたメニューであった。

確信はなかった——が、期待はあった。

迷わず〝はい〟を選択する修太郎。

すると——

「あ……え？　あに、さま？」

先ほどまで寝息を立てていたヴィヴィアンが、額を掻きながら起き上がった。

しばらく固まっていたバートランドは、それが誰の仕業なのかを理解し、修太郎に向き直った。

そこかしこから上がる歓喜の声。

「体の痛みがなくなった！」「見える、目が見える！」「手足の痺《しび》れが治まってる」

状況を知らないバートランドにハテナが浮かぶ。

「？」

「うん。というより、なんか、からだが楽」

「大丈夫か？」

「あ、主様……？」

と、笑顔を向ける修太郎。

「呪い、取り払えたみたい」

修太郎は以前、バンピーの世界でダンジョンメニューが操作できた事を覚えていた。ならばここでも、レジウリアの少女にしてやれたことと同じことができるのではと考えた。

結果、大量のポイントと引き換えにエルフ族の状態を正常に戻すことができたのだった。

呪いの類《たぐい》は単純な回復魔法では治らない。ましてやNPCの状態異常など、たとえ最上級の回復魔法を用いたとて回復することはできないだろう——しかし、魔王達の配下は魔王達含めて全て〝ダンジョンモンスター〟という枠組みに入っており、NPCからダンジョンモンスターへと置き換わったことによりシステム的な制限が外れている。

魔王達がシステム制限の枠外にいる事実はある恐ろしい可能性を示唆《しさ》しているのだが……修太郎達がそれに気付くのはもっと先の話である。

「呪いが、消えた……？」

沸き立つエルフ達を見て、バートランドは目を見開いたままポツリと呟いた。

かの悪神に束の間の時を与えられてから、ずっと望んでいた光景――しかし、はるか昔に諦めた光景。

「しゅーたろーがなおしてくれたの？」

小首を傾《かし》げるヴィヴィアンに、修太郎は優しく頷いた。ヴィヴィアンは満面の笑みを作ると丁寧《ていねい》にお辞儀してみせた。

「ありがとう。くるしいのなくなったよ」

およそ数世紀ぶりに見る、妹の元気な姿。

バートランドは仲間達の姿を目に焼き付けるように、ただただその場に立ち尽くし、口を開く。

「人族と争い、呪いを受けた仲間を失い続けた20年間。そしてロス・マオラ《檻》城での100年間。俺の、エルフ《俺達》族の戦いがやっと終わりました――」

バートランドは当初、修太郎を利用し外の世界に出ることで一族にかけられた〝呪い〟を解く方法を探すつもりだった。ガラス共に行動していたのも外への一番の近道だと思っていたからだ。

魔王達の序列問題も、ぽっと出の修太郎に跪《ひざまず》くことさえバートランドにとっては大したことではなかったのだ。

全ては一族のため。

愚直に一族のために生きてきた。

「この恩……一生、一生忘れません」

目頭を指で押さえ、涙を流すバートランド。

長い長い彼の旅が、やっと終わったのだ。

「胸の痛みがスッと……」

「奇跡だ、奇跡が起こった！」

「いつぶりかしら、こんなに動けるのは」

気付けば修太郎の周りを沢山のエルフ族が取り囲んでいた。口々に感謝の言葉を告げるエルフ族に、照れ臭そうに対応する修太郎。

「ちょ、おいおい！　このお方は俺が忠誠を誓う主様だぞ！　お前ら、こら、無礼のないようにだな……！」

慌てて割って入るバートランド。

群がるエルフ達は一瞬言葉を失った――よく見れば、目の前にいるこの子供は自分達を滅ぼした人族ではないか……と、気付いたから。

「人族に、忠誠を……？」

「でも我々の呪いを解いて下さったのは事実だぞ」

「王が決めたお方なら人族だろうと文句はないぜ！」

戸惑う様子も一瞬で、再び沸き立つエルフ族。はるか昔にエルフを滅ぼさんとした人族と、今まさにエルフ族を救ったこの少年を＝《イコール》で考える者はこの場にいなかった。

煙草《たばこ》を咥《くわ》えながら天を仰ぐバートランド。

「王よ！　我らニブルア戦士団も、再び貴方《あなた》の剣となり盾となって戦います！」

バートランドは涙を拭い、優しい笑みを浮かべ兵士達に視線を向けた。

「馬鹿。もう俺達が戦う相手なんてどこにもいないんだよ」

戦う相手はもういない。

兵士たちは苦笑を浮かべ「それもそうだな」と呟いた。彼等を見たバートランドもまた苦笑を浮かべた。

「いやァ、元気になりすぎるのも考えものですね」

人数こそ大きく減ったが、かつての活気を取り戻した同胞達。まるで夢の中かのような幸福感を得ているバートランドに、修太郎は悪戯《いたずら》な笑みを浮かべ提案する。

「じゃあ、運動がてら皆でバートに習いながら一緒に特訓しない？　その方が僕も賑《にぎ》やかで楽しく学べそうだし」

「やりましょう!!」

その言葉に、戦士達全員が反応してみせた。そのままなし崩し的に、全快したエルフ族を加えた特訓が再開されるのだった。

＊　＊　＊　＊

閑話休題《回想終了》——

「召喚士《サモナー》がいるパーティに入りたいんです」

笑顔でそう伝える修太郎。

意外な注文に、受付嬢《ルミア》の目が見開かれる。

（召喚士？　どうしてまた……？）

もちろんプレイヤー側からの注文は今まで0ではなかった。しかしそれはどれも〝レベルの高い人達と一緒がいい〟とか〝危険がなく楽してお金がたくさん稼げるのにして〟などといったものばかり。

あるいは盾役《タンク》や回復役《ヒーラー》の有無を聞かれることはあれど、召喚士指定の依頼などあまり聞かない。

「かしこまりました、確認いたします。依頼を受ける際……あなた様の名前や職、レベルが掲示されますがよろしいですか？」

「はい、大丈夫です！」

「ありがとうございます。それでは検索いたしますね」

笑顔で答える修太郎にルミアも笑顔で返しながら、人数調整のため待機中となっているパーティ一覧をスクロールしていく。

（召喚士指定か、いるかなぁ……）

実のところ、召喚士や従魔使《ティマー》いなどの職は全体を通して見れば少なくはない……ないのだが、相棒となる魔物を使役するまで労力を要するため、特に低レベル帯――アリストラスを中心に活動しているプレイヤーだけで見ればかなり珍しい部類に入る。

スクロールを続けるルミア。

ふと、一つのパーティが目に留まる。

「召喚士はかなり希少なので現在いるかどうか……あ、一つありました。依頼内容はエマロの町までの往復護衛ですね。ただこちらの召喚士は少し素行に問題が……」

「わかりました！　じゃあそれをよろしくお願いします！」

元気よく即答する修太郎。

しかし、ここで問題が一つ。

諸事情（紋章《もんしょう》ギルドはイリアナ坑道の危険は完全には去っていないと考えているため）により、エマロの町まではウル水門を通るしか手段はなく、ウル水門の適正レベルである12を大きく上回った〝レベル15〟が参加の最低条件となっていた。

純粋な瞳を輝かせるこの子が果たしてそれを満たしているかどうか――ルミアは少し申し訳なさそうに切り出した。

「失礼ですが、こちらの依頼は対象レベルが15となります。条件は満たされていますか？」

それに対し、修太郎は表情を変えず
「はい、大丈夫です！」

と答えた。

反射的にルミアの顔付きが変わる。

(見た感じ小学生くらいなのに15……β組かしら？　まあでもあの子達もデスゲーム後にその位まで上げてるし……なんにせよ、戦闘技量を見ないことには外に出すのは危険だから一度訓練場は経由してもらわなきゃなんだけどね)

と、しばらく考察した後、再び笑顔を作るルミア。

「はい、結構です。依頼を受ける前に依頼を受けられる技量があるかどうか、訓練場にて戦闘能力の確認を行いたいのですがよろしいでしょうか？」

「はい、大丈夫です！」

「では最後に、パーティに仮申請していただきますね。これは訓練場の指南役が合格を出せば受理されます。こちらで申請を送るので緑色の承認を押していただければ結構です（返事かわいいなぁ）」

一連の修太郎の返事に癒されながら、ルミアは緩んだ顔でそれらを送った。

パーティ参加申請が届き、修太郎は不慣れな動きで承認を押す――その姿を、頬杖《ほおづえ》をつきながらルミアは愛《いと》おしそうに見つめている。

（今まで色々な子を見てきたけどこの子は特にかわいいなぁ。汚《けが》れを知らないっていうか、スレてないっていうか……）

受付嬢にはあるまじき感情なのだが、親戚の姉にでもなった気分でいる彼女。修太郎の愛らしさに緩みきった表情は、自分のもとへ戻ってきた〝プレイヤー情報〟を見たことで、一気に驚愕《きょうがく》へと変わった。

修太郎　剣士　Lv.31

（レベル31!?　かなりやり込んだβ組だったって事!?　いままで見かけなかったからソロで活動してたの？　なんにしても……）

ルミアは再び営業スマイルを作る。

「あの、ギルド参加は本当にお考えではありませんか？」

「はい、今は！」

変わらず元気のいい返事が戻ってくる。

今度は露骨に残念がるルミア。

レベル31ともなれば、いまや所属人数4000人を超えた紋章ギルドでもトップクラスの実力である。

とはいえ、今ここでいくら勧誘したところでこちらの〝魅力〟が伝えられない事には説得のしようがないな——と、ルミアは早々に気持ちを切り替える。

「それでは手続きはこれで以上です。建物を出て右手にある施設にいる戦闘指南役に話を通してありますので、行ってみてください」

「はい、ご丁寧にありがとうございました！」

そう言って一礼し、修太郎は駆け去っていく。

ルミアは笑顔でそれを見送りながらもう一度、修太郎のプレイヤー情報を確認するのだった。

＊　＊　＊　＊

隣の建物へと向かう修太郎。

中からはスキルが発動する音や金属音が飛び交っており、修太郎が圧倒されている間にも武装したプレイヤー達がぞろぞろと入っていくのが見える。

全員が全員、知らない大人たち。

（バートに鍛えてもらったし、大丈夫……だよね）

不安からプニ夫を抱きしめようとし——両手が虚空《こくう》を摑《つか》む。

修太郎は寂しそうに俯《うつむ》いた。

もはや癖《くせ》となっていたプニ夫への抱擁《ほうよう》。

しかし、今この場にプニ夫はおろか魔王達もいない。

修太郎は久しく感じていなかった孤独感に襲われていた。

（ずっと皆がそばにいてくれたから今までやってこられたんだ）

魔王達へ感謝の気持ちを抱きながら、扉に手をかける。

訓練場から差し込む光が、決意の籠《こ》もった修太郎の表情《かお》を照らした。

＊　＊　＊　＊

紋章ギルドの訓練場――

ここでは仮想敵を相手にした〝対魔物部屋〟や、案山子《かかし》を相手にスキルや攻撃を鍛える〝訓練部屋〟、安全にＰｖＰを行える〝対人戦闘部屋〟などがあり、特に非戦闘民から戦闘民に変わる際、この施設での慣らし運転は義務となっている。

紋章ギルドは特に修太郎のような〝依頼初参加〟のプレイヤーの訓練場送りを徹底しており、戦闘指南役による執拗《しつよう》なまでの戦闘訓練のお陰《かげ》で、フィールドで命を落とすプレイヤーは激減していた。

(広いなぁ……指南役の人どこだろう)

恐る恐るといった様子で進む修太郎。

内部構造は落ち着きのある石材を基調とした建物といった造りで、ずらりと並んだガラス張りの部屋で多くのプレイヤーが剣に槍《やり》にを振るっている。

「アナタが修太郎ちゃん?」

修太郎が困っていると後ろから声が掛かった。

振り返るとそこに、鈍色《にびいろ》の鎧を着たガタイの良い男性が立っていた。

「そうだよ！　ええと、指南役さん？」

「ええそうよ。私はキャンディー」

「僕は修太郎！」

顔に施された濃いめの化粧。

鍛え抜かれた肉体にボリュームのある金色の髪。

ひと目見ただけでも〝その手の人〟だと分かる風体《ふうてい》をしたキャンディーと名乗る男性は、修太郎をしばらく観察した後、満足そうに笑みを浮かべた。

「直接見たら聞いていた以上に〝格〟があるわね。アナタ、レベル31ってだけじゃないんじゃないの？」

キャンディーはごつごつした顎を撫でながら「どうなの？」と、修太郎にズイと顔を近づける。

「格？」

「ええ、分かりやすく言うと〝強そうな感じ〟かしら。それをすごく感じる」

「え、そんな事わかるんだ！　キャンディーさんすごいね！」

「まあスキルとか魔法じゃないわ。オネエの勘ね」

修太郎に褒められ得意げに澄ますキャンディー。

実際、このキャンディーに限らず勘の鋭いプレイヤーには相対する者が同格かどうかなど、パラメータから滲《にじ》み出《で》た〝格〟と形容される不可視の情報を見抜く者もいた。それは、格闘経験者だとか有段者が互いがどれほど〝できる〟のか分かるのと同じようなものであった。

修太郎は単純に「オネエさんってすごいんだな」などと考えていた。

死の可能性がある外へ出せるかどうかプレイヤーを厳しく見極める目を持ち、尚且《なおか》つ緊張を解くという目的もあり、キッド空《いて》が死《い》んだ席《た》ためにキャンディー彼が抜擢《ばってき》された。

キャンディー自身もレベル35と、実力も折り紙付きである。

「ごめんなさいね無駄話しちゃって。これから修太郎ちゃんの戦闘熟練度を測《はか》るから、最初この部屋に入ってちょうだい」

「よろしくお願いします！」

「元気いいわね、そういう子大好きっ！」

ウインクするキャンディーに誘導され、修太郎は近くの部屋へと入る。

そこには人の形を模した案山子が佇んでおり、修太郎はキャンディーを振り返った。

「とりあえず案山子のLP《生命力》が無くなるまで、好きに攻撃していいわ。スキルも使っていいけど、固有スキルを隠しておきたい時は無理に使わなくていいからね」

「わかりました！」

そう言って、剣を抜く修太郎。

鍔《つば》の無い肉薄の刃《やいば》が妖《あや》しく光る。

固有スキルはいわば〝最重要な個人情報〟でもあるため、紋章に所属するプレイヤーの中でも秘匿する者は多い。キャンディーは吹聴《ふいちょう》する人間ではないが、むしろ経験上、この場が見せ場《アピールタイム》だとばかりに無用心に固有スキルをひけらかす者も多かったため、その予防も兼ねた注意喚起でもあった。

(あの剣も相当なモノね。β時代に流行《はや》った盗賊・ゴブリン狩《運試し》りで手に入った物かボスドロップか、それとも――)

冷静に分析するキャンディーを尻目に、修太郎が案山子との距離を一気に詰めた。

「《三連撃》」

刃が赤色に眩《まばゆ》く光る――

体を捻《ひね》らせた遠心力により豪速で叩《たた》き込《こ》まれた剣が、案山子を二度ほど斬りつけた所で案山子《目標》を失ってピタリと止まる。

「あれ、どこいった?」

困惑した表情で辺りを見渡す修太郎。

キャンディーは額に汗が流れるのを感じた。

(二撃で突破した!? 筋力《STR》特化? それとも装備性能? いや、それよりも……)

「し、修太郎ちゃん。アナタ〝システムアシスト〟切ってるの!?」

「? はい。その方が自由度? が高くなるので」

修太郎はバートランドに教わった事をそのまま返す事で回答とした。汗を拭うキャンディー。

(スキルに使われず、使いこなしてるだなんて天才じゃない!)

システムアシストは主に攻撃スキルに備わっている〝攻撃を自動で繰り出す補助機能〟のようなもの。本人の技量を必要とせず、スキルによって決められた動きを体が辿《たど》って動いてくれる機能のことである。

攻撃スキルの類は目の前に敵がいればほぼ成立し、動作中は別のことを考えられるため次の一手を構築しやすいというメリットがある。加えて、戦闘経験のないプレイヤーでも達人のような動きが行えるメリットもある。

しかし、当然デメリットも存在する。

スキル発動中に柔軟な対応ができないのだ。

たとえば盾役が攻撃を受ける直前にカウンター系スキルを使えば、後は武器や体が勝手に動いて処理してくれる。しかしこの場合、相手が〝生きた動き〟をしていた時――相手が攻撃を止《や》めたり〝溜《た》めた〟場合、不発で終わることがある。

その点、修太郎のようにシステム側のアシストを切ったスキルはどう動くかというと〝本人の意思や動き〟に沿って動くのである。

たとえば今回のように、鋭い刃で敵を三回斬り付ける《三連撃》の使用中にｍｏｂが倒された場合、残った攻撃を〝溜め〟近くの別のｍｏｂに叩き込む事もできる。

しかしこれは大前提として、そのスキルの性質《動き》をきちんと理解し実行できる技術がないと発動しない。

もちろん溜めておける時間はほんの数秒程ではあるが、特に戦局が一瞬で変わる対人戦などでは、この数秒が本当に貴重なのだった。

（この子、逸材だわ――）

生唾を飲み込むキャンディー。

修太郎の剣は光を失い、元の白銀へと変わっていた。

場所を変え、今度はｍｏｂとの戦闘を想定した〝対魔物部屋〟へとやってきた二人。

「攻撃能力も高いし、スキルも使いこなせてるから文句なしの合格ね。次はモンスターを想定して戦ってもらうわ。攻撃されてもＬＰの数字が減るだけで、実際は痛くも死んだりもしないから安心してね」

「わかりました！」

再び元気よく入っていく修太郎。

キャンディーは食い入るようにその小さな背中を見つめている。

（ちょっと意地悪だけど、複数想定に設定しちゃおう）

本来であればパーティ戦闘は盾役でもない限り攻撃役《アタッカー》へ複数の敵が向かってくる状況はイレギュラーなのだが、キャンディーはそれよりも修太郎の実力の底を見たい気持ちの方が優っていた。

ポリゴンが集合していく演出と共に現れたゴブリン、ゴブリンメイジ、ウルフの３匹。

修太郎は再び剣を抜き、構える。

ゴブリンとウルフが駆け出した。

修太郎も同じように駆け出す――

「《二連撃》」

視線を左右に動かした後、修太郎は青色に光るその剣をウルフの顔面にたたき込み、弾け飛ぶウルフには見向きもせず返す刀でゴブリンの体を断ち切った。

（ノーアシストの強みを最大限に発揮してる！　それに優先度《プライオリティ》の理解もある。この子、間違いなく戦闘慣れしてるわね）

その戦いぶりに震えるキャンディー。

ウルフはまだ少しLPがあるようだったが、修太郎はジグザグに走りながら、今度はゴブリンメイジに近付いてゆく――

ゴブリンメイジの前に魔法陣が現れ、火の壁が立ち昇る。しかし修太郎は速度を緩める事なく斜めに飛び上がり、火の壁を飛び越えるようにして剣を掲げた。

「《断頭剣》」

飛翔《ひしょう》からの急転直下――

ゴブリンメイジの体を真っ二つに叩き斬ると同時に、着弾点から発生した赤色の斬撃が地面を滑り、今まさに起き上がろうとしたウルフの体に吸い込まれた。

2体のmobが同時に爆散する。

ゆっくりと立ち上がる修太郎はキャンディーへと振り返ると、笑顔で手を振った。

（なんて子なの……ッ！）

一連の動きを見ていたキャンディーは怖気《おぞけ》を覚えて身震いする——特に最後のスキル《断頭剣》の中で見せた修太郎の動きに、キャンディーは末恐ろしい才能を見出《みいだ》していた。

修太郎があの場面で斜め上へと跳んだ理由……それが《断頭剣》の一撃で、ゴブリンメイジだけでなくウルフまでを確実に倒すためだと分かってしまったから。

断頭剣はレベル30で覚える剣術スキルであり、特徴としては攻撃前に大きく跳躍するモーションから始まる。その後、落下の加速を得て地面を抉《えぐ》るように打ち付けられた剣の延長線へ斬撃が飛んでいくというもの。

(あのまま真っ直ぐ上に跳んでいたら、延長線にいないウルフには当たらなかった……彼は全て分かってて、あの位置取りをした)

当然そんな事は誰でもできるわけではない。

戦いを何手先も読む頭のキレと広い視野、そしてスキルの性質への深い理解、知識、加えて戦闘中にそれを考える発想力と実行する胆力があって為《な》せる業《わざ》だった——

キャンディーは目を伏せる。

修太郎の才能が一流だと分かったから。

(最後にPvPを想定してたけど、こんなの見せられちゃったらやるだけ野暮ね)

戻ってきた修太郎に、笑顔を向けるキャンディーは拍手を送る。

「文句なしの合格よ。パーティには私から話を通しておいたから、メールに添付した集合場所で合流するといいわ」

お許しが出たことに、修太郎はホッと胸を撫で下ろす。

「くれぐれも無茶をせず、リーダーの指示や言うことをよく聞くのよ。居心地《いごこち》が悪いと思ったら私に連絡して？　すぐ脱退させるから。いいわね？」

「うん！　キャンディーさんありがとう！」

「またいつでも遊びにいらっしゃいな。歓迎するわ」

「はい！　わかりました！」

そう言って、修太郎は手を振りながら訓練場を後にする。キャンディーは深いため息と共に目を伏せ、隣にある紋章ギルド本部へと向かった。

＊　　＊　　＊

ギルド受付前に来たキャンディー。

彼が纏う威圧感と戦闘指南でのスパルタを知る他のプレイヤー達は、蜘蛛《くも》の子を散らしたようにその場からいなくなる。作業中だったルミアもまたそれに気付き、顔を上げた。

「どうでしたか？」

「どうもこうもないわよ。アナタ、あの子どこから拾ってきたのよ」

珍しく狼狽《うろた》えるキャンディーの様子に、ルミアは修太郎のプレイヤー情報を指で撫でた。

「やはりただ者じゃなかったんですね」

「端的に言って、ワタル《マスター》やアルバ《ダーリン》と遜色ない戦闘能力だったわ。武器や防具だって素人目《しろうとめ》に見ても一級品よ」

「キャンディーさんがそれほど言うなんて相当ですね……まさかマスター達が前線に上がった直後に現れるなんて」

場合によっては遠征に同行を——などと言い出しそうなルミアに、キャンディーは睨《にら》みを利かせる。

「それについては修太郎《彼》の気持ちもあるだろうし、ギルドに所属してない以上、無粋《ぶすい》な提案も可哀想《かわいそう》だわ」

「うーん、そうですね」

諭《さと》すようなキャンディーの言葉に、ルミアは複雑な表情を浮かべ深く椅子《いす》に座った。

「それに、あの子が参加したの〝例の38部隊〟よね？　あなた勧誘する気あるの？」

「仕方ないですもん。あの子が〝召喚士がいるパーティに参加したい〟って条件出したんですから。枠が空《あ》いてて条件満たしてる所って、あの部隊しかないです」

複雑そうに唸《うな》るキャンディー。

修太郎の事が気に入っていただけに、その部隊に参加する事が少し不安に思えていた。

「実力は確かにあるんだけどねぇ……未だに彼女の立ち振る舞いが気に食わないわ。変なことしたら一発で退場させてやれるのに。紋章ギルドの品位も下がるわよあんなババア」

キャンディーは憤《いきどお》るように両拳《りょうこぶし》を打ち付ける。

「貴重な才能には多少性格に難があっても目を瞑《つむ》るのが、今のうちの現状ですからね」

「そうねぇ。こんな世界だしね……」

ルミアの言葉に折れたのか、キャンディーは肩を落としてため息を吐《つ》いた。

「それにしても召喚士ねぇ……まさかあの技量とレベルがあって、転職《クラスチエンジ》するつもりじゃないわよね」

真剣な表情でそう呟くキャンディー。

それを聞いたルミアは苦笑を浮かべる。

「まさか。いくらなんでもデスゲーム化して《こんな世の中になって》まで〝レベルが初期化される〟転職をしたがるなんて考えられませんよ」

「そうねえ。普通あり得ないわ——でもあの子、普通じゃないもの。常識に囚《とら》われたらいけない気がする」

キャンディーの言葉に、ルミアも頷いた。

職業を変える手段として〝昇級《クラスアップ》〟と〝転職《クラスチエンジ》〟が存在する。

前者は条件を満たした者がひとつ上の上級職へと変えられるシステムで、たとえば最下級職から昇級する一般的な条件だと〝レベルを30に上げる〟がある。

昇級の特徴として、現在の職の特徴をそのまま受け継ぐためレベルやスキル熟練度もおおむね引き継ぐ事ができる、というメリットがある。

更にステータスの上昇や新しいスキル・魔法の習得など特典がとても多い。最下級職のプレイヤーは、レベルが30になった段階で真っ先に〝職業案内所〟を訪ねるのが常識となっていた。

後者は現在とは全く違う職業に転職するため、基本的にはレベルやスキル熟練度がリセットされる。〝武器術〟等の基本スキルのいくつかは引き継げるものも存在するが、デスゲーム化した今、転職を選ぶプレイヤーはほぼ存在していない。

あるいは、同レベルまで育てるのにそれほど苦労しない超低レベルプレイヤーならば転職も珍しくないが、修太郎のような現状トップレベルのプレイヤーがレベルをリセットしてまで転職するのは相当勇気がいるだろう。

なぜなら、ステータスの高さはｅｔｅｒｎｉｔｙにおける地位や権力、そして命そのものだから。

ルミアはもう一つため息を吐きながら、天井から垂れるギルドの旗をぼーっと眺めた。

「不思議な子でしたよね。それにあの剣、どこかで――」

思い浮かべるは、銀弓を携えた女性の姿。

今や銀弓の女神《アルテミス》とも呼ばれる彼女。

彼女の持つ薄刃の短剣に似てるような似てないような……そんな事を考えながら、受付嬢ルミアと、戦闘指南役キャンディーは日々の業務に戻って行ったのだった。

修太郎《しゅうたろう》が紋章《もんしょう》ギルドに来る一日前——

キリリという張り詰めた音が、無人の訓練所に響き渡る。つがえた矢を頬《ほお》につけるように引いた刹那《せつな》——射貫《いぬ》かれた案山子《かかし》が、光の粒子となり爆散《ばくさん》する。

その矢は正確に案山子の眉間《みけん》部分を貫いていた。

矢を射た彼女もまたそれを弓越しに確認していた。安堵《あんど》の表情と共に、矢を放った後の形《残心》を解く。

「ふぅ」

時計は夜中の3：15を指している。

誰もいない訓練所の中で一人、ミサキは大きく息を吐いた——

大都市アリストラスが、キング・ゴブリン率いる侵攻《しんこう》という大きな脅威を乗り越えてから一ヶ月が経《た》っていた。

都市内はあの日から今日まで平和そのもので、まるでここが単なるゲームの世界に戻ったかのようだった。非戦闘民達もこの世界の生活に徐々《じょじょ》に慣れてきたのか、笑顔を見せる余裕が出てきていた。

(一通り終わったら、パトロールしたあと仮眠を取って、7時には起きて……)

一日の予定を立てながら、ミサキは石造りの訓練所の隅にゆっくりと正座。そして弓と矢を前に並べ、その一つ一つを丁寧《ていねい》に拭《ふ》いてゆく。

本来、電子の塊《かたまり》であるアイテムは、消耗すれば修復こそ必要だが布で拭くなどの手入れなどは不要である(耐久値の概念はある)。しかし、彼女がそれを知った所で今の習慣を止《や》めないだろう。

(鍛錬を怠《おこた》らない。日々の努力の積み重ね)

目の前に並ぶ銀色の弓と矢は、恩人から譲り受けたミサキにとって命の次に大切なもの。ミサキはあの日から今日まで、感謝の気持ちを込めて毎日武器の手入れを欠かさなかった。

ドンッ――!

別の部屋から気合いの声と共に轟音《ごうおん》が響く。ミサキの他にも誰かが鍛錬しているようだった。

(私も負けてられないな)

一頻《ひとしき》り終わると仮想空間《インベントリ》にそれらをしまい、今度は腰に帯刀された短剣を抜きながら、案山子の前へ進む。

「ふッ――!」

連続で繰り出される体術。

狙いこそ人間の急所と言われる場所だが、まだまだ修練が足りないのか、精度の甘い拳《こぶし》と蹴りが繰り返される。

続いて短剣を交えた体術に切り替える。

短剣が切りつけた場所は鋭く抉《えぐ》れ、抉れた場所からは光の粒子がこぼれ出ている。

一息の連続攻撃――

最後に心臓部へと短剣が突き立てられると、案山子は光を放って砕け散った。

ミサキはしばらくそこで呼吸を正し、同じようにして短剣の手入れをすませて訓練所から出た。

(……異常、ナシ)

ミサキの《生命感知》には壁の外にある無数の赤い点と内側にある多くの青い点しか反応していない。もちろん、赤い点の集合体も発生しておらず、アリストラスは平和な夜の闇に包まれていた。

城壁を見上げるミサキ。

都市内をぐるりと囲む石壁と、その壁を包み込むように光る薄緑色の膜――魔導結界が今日も都市の安全を守っている。

(コレがある限り、パトロールの必要もないんだろうけどね)

そんなことを考えながら、日課の鍛錬を終えたミサキは宿屋に向かい、しばしの睡眠を取るのであった。

＊　＊　＊　＊

紋章ギルド受付前。

6人から成る戦闘部隊が、受付嬢から依頼の説明を受けていた。

「――第28部隊は森林内のデミ・ウルフ10頭の討伐ね。ハヤト君、くれぐれも一人で突っ走らないように。エミカちゃん、怖かったら遠慮なく皆に言うのよ？　ダイスケさん、何かあったら連絡をお願いしますね。安全マージンを取ってあるとはいえ何があるか分かりませんから」

巨大なエントランスの中央に位置する紋章ギルドの受付で、忙《せわ》しなく画面をスクロールする受付嬢――ルミアは、第28部隊が持ってきた〝討伐依頼書〟を受理した。

今や侵攻の脅威から解放されたアリストラスのプレイヤー達。

紋章ギルドに属しており、鈍色《にびいろ》の鎧《よろい》を着た〝戦闘員〟は冒険者ギルドや紋章ギルドに持ち込まれる依頼を受けながら日々の生活費と自己鍛錬に当たっていた。

ギルドホームの扉が放たれる――

雑談する人々の間を縫う様に進む人影。

もみあげの長い、栗色《くりいろ》のショートカット。

背中に銀の弓と矢を携え、腰からは短剣の柄《つか》の部分が顔を覗《のぞ》かせている。

ぴったりとした黒いノースリーブタイプの厚手のタートルニットに、鈍色の金属で作られたグリーブ。腰から垂れる、くるぶしまで伸びたマントが歩く度《たび》にはためいている。

その人物が受付に立つと、ルミアの顔はパァッと明るくなった。

「おはようございますルミアさん。忙しそうですね」

「ミサキさぁん！　今日も素敵《すてき》っ！」

傍《はた》から見たら久々の再会を喜ぶ姉妹のよう。

しかし、二人は殆《ほとん》ど毎日顔を合わせている。

「ひとまず朝の報告として、アリストラス周囲の平原エリア、森エリア、イリアナ坑道周辺、ウル水門周辺まで侵攻発生は見られませんでした」

「いつもありがとうございます！」

朝のお約束をすませたミサキとルミア。

朝、昼、晩の索敵《さくてき》と自己鍛錬はミサキの日課であり、報告はしていないが、夜中の一人鍛錬の際も索敵を欠かさず行っている。

いつにも増して人の多いエントランスを見渡し、ミサキはある事に気が付いた。

「あ、今日金曜日か」

「ですです。今回も参加しますか？」

「はい。参加します」

「かしこまりました！　では12時ちょうどに訓練所の方へ向かってください！」

金曜日の昼12時にある催し——それは、大きなギルドでは当たり前のように行われている〝ランキング戦〟である。

＊　＊　＊　＊

巨木から巨木へ飛び移る影。

轟音と共に迫る弓矢に射られたそれは、「うわっ！」という情けない声と共に、片腕と木が繋《つな》がった状態でぶら下がった。

ドンッ！　ドンッ！　ドンッ！

続く三本の矢はそれぞれ胸、首、そして眉間に突き刺さり、LP《生命力》を爆散させた。

「勝者——ミサキ！」

ワァー！　と盛り上がる場内。

ミサキは短く息を吐き、木製の弓を背中に戻した。

『試合の結果に応じて順位が入れ替わります。ミサキさんの順位、遠距離攻撃役《ロングレンジ》5位、総合29位です』

森を模したフィールドが徐々に薄らいでゆき、周りの様子が明瞭になっていく。

パネルを並べたような箱型の試合会場と、取り囲むように設置された客席。その中心で今しがた敗北した弓使いとミサキが相対する。

「隠れても無意味なの強すぎっすよー」

「あはは。逃げ方が素直すぎるんですよ」

などとやりとりして握手すると、再び客席から歓声にも似た声が上がった。

〝ランキング戦〟。

紋章ギルドは毎週金曜日に行われるランキング戦の結果を参考に、戦闘能力に応じて個人・部隊の順位を決めている。順位を設《もう》けることで競争心を促し、順位に応じた待遇と責任感は当人のモチベーションに直結する。

ポジション別、総合の順位がそれぞれあり、回復役《ヒーラー》などの支援役は純粋な技術や支援処理能力・人柄を加味して順位が決まるが、攻撃役《アタッカー》は純粋な戦闘能力で順位が決まる。

「すげえ、5位の烏賊《いか》さんがストレート負けだってよ」

「てか何がヤバいって、普段使ってる銀の武器をランキング戦では封印してるってとこだよな」

観戦していたギルドメンバー達が熱量のある会話を繰り広げている。

ランキング戦ではレベル差があまり顕著《けんちょ》にならないよう設定されているが、装備に関しては無視できないほどに補正があるのだが――

「〝女神様〟に愛用武器を抜かせるって目標で挑んだのになぁ」

「ふふ。でも私、ランキング戦で銀弓を使うつもりないんです。それで負けたとしても、言い訳するつもりもありません」

と、笑みを崩さないミサキ。

対戦相手は疑問をぶつけた。

「なんでそんなに頑《かたく》なに……?」

破竹の勢いで順位を上げているミサキだが、連戦無敗というわけではない。時には銀弓や牙《きば》の剣を使えば勝てた場面もあるのだが、愛用武器に頼ることはなかった。

ミサキは苦笑を浮かべ頬を掻《か》き、

「ランキング戦は自分の成長を測る機会だと思ってますから、強い武器に頼ると目的がブレてしまうんです」

その答えに、対戦相手は「完敗っす」と肩を落とした。

＊　＊　＊　＊

その後、再びエントランス——

「一人ですか? 部隊ですか?」

ランキング戦後、休む間もなくギルドエントランスへと戻ってきたミサキはクエストを受注していた。

「部隊依頼で外に出ようかなと思ってます。枠空いてる待機中の部隊ありますか?」

「わかりました! ちょっとまっててください」

そう言って、何かをスクロールしていくルミア。
そしてちょうど良い部隊を見つけると今度はミサキの目の前に半透明のポップが出現、依頼内容と参加メンバーが表示された。

依頼内容：盗賊・ゴブリン駆除依頼
依頼主名：旅商人ハウンズ
有効期間：48：00：00
依頼詳細：エマロの町に向かう途中、ウル水門で盗賊・ゴブリンの群れに襲われた！　あの中には大事な商品が沢山ある！
奴等《やつら》の駆除と奪還を頼む！（座標：1705・497・620）
討伐対象：盗賊・ゴブリン　（0／10）
奪還物資：ハウンズの商品（0／5）
報酬内容：14，000G
　：10，000exp
参加者　：5／6
誠《マコト》（L）　重戦士　Lv.36
ショウキチ　剣士　Lv.17
ケットル　魔道士　Lv.15

バーバラ　聖職者　Lv.17
キョウコ　弓使い　Lv.16

（ウル水門でゴブリン退治かぁ。中に行くのは初めてだけど、誠さんがリーダーなら心配なさそう）


ミサキはそれを受理する。

それと同時に画面右下にパーティ一覧が表示され、ミサキが加入したことで上限の6人《フルパーティ》となった事が確認できた。

「多分みんな待機室か武具屋見てると思いますから、行ってみてください！」

「わかりました！　いってきます！」

笑顔でルミアと別れたミサキは、パーティを表す〝黄色の点〟が集まる武具屋の方へ向かった。

しばらく進んだミサキが足を止めたのは、紋章ギルドのホーム内に存在する巨大な武具屋。

ここには大勢の生産職《クラフター》プレイヤーが属しており、その全てが紋章のメンバー。メンバーは税収の対象から外れる上、彼らが作る生産品は紋章のメンバーなら安く買うことができるのである。

向かい側には同じように〝防具屋〟〝装飾品屋〟〝雑貨屋〟〝薬屋〟〝料理屋〟〝宿屋〟などなど、ギルドホーム内で全てが完結できるようにあらゆる施設が揃《そろ》っていた。

ミサキの鼻に芳《こう》ばしい肉の香りが運ばれてくる。

ミサキは料理屋の方へと視線を向け、すぐに興味を失ったように歩き出す。

〝五感に働きかける〟も謳《うた》い文句《もんく》だったｅｔｅｒｎｉｔｙ。料理を食べれば味覚も嗅覚も働くが、プレイヤー達はそれで〝満腹感〟を得る事はできない。

かといって空腹感も覚えないため、食事という行為は専ら〝簡易的な強化効果《バフ》や娯楽〟の一つとして認識されている。

飢《う》えや渇《かわ》きという概念のない世界――

それが示すのは、ここにいる全員が精神だけの存在であり、プレイヤーの肉体は現実に取り残されているという裏付けにもなっていた。

とはいえ、疲労感や痛みなどは現実のそれと変わりなく、眠気も普通にやって来る。それについて〝すぐにゲームをクリアさせないためｍｏｔｈｅｒが一手間加えたのだろう〟というのがプレイヤー達の見解であった。

奥行きのある大型武具屋へと入るミサキ。

多くのプレイヤーで溢《あふ》れる店内を見渡しながらパーティメンバーを表す黄色点が固まる場所へ向かうと、ある武具の前で難しい顔をする男性を囲むように若者達が集まっていた。

「誠、買いだって！」

「しかしだなぁ。俺の娯楽代まで消えるのは……」

「娯楽って、あっちのお店でしょ？　不潔だからやめてって言ってるのに！」

「まぁまぁ」

あーだこーだと言い合いをする五人組の後ろから、笑みを作ってミサキが声をかけた。

「第21部隊の皆さん、こんにちは！」

それに気付いた五人が振り返ると、そこには紋章でワタル、アルバ、フラメに次ぐ〝有名人〟が立っている事に気付いた。

「み、ミサキさん？　あえっ、パーティにミサキさんの名前がある！」

「そうだった、申請許可してたの忘れてたわ」

「誠さんナイス！」

誠と呼ばれた男性以外の四人はひどく驚いた様子でミサキを見る。ミサキは少し困ったように頭を下げた。

ミサキの固有スキル《生命感知》は、今や紋章メンバーなら誰もが知るほど有名となっており、都市壊滅の危機となった侵攻を早期に発見し侵攻討伐に大きく貢献した内の一人として名前や顔も知れ渡っていた。

今でこそ魔導結界で安全となったアリストラスだが、毎日自分達が安全に過ごせるのはミサキが見守ってくれているからだ――そう考える者も少なくない。

その端整な顔立ち含め、天から見守る銀色の弓使いである彼女のことを、密《ひそ》かに〝銀弓の女神《アルテミス》〟と呼ぶ者もいるという。

「何かお探しですか？」

この反応は一度や二度ではなかった。ミサキが何食わぬ顔でそう尋ねると、同じ弓使い職であるキョウコが緊張した面持ちでそれに答えた。

「り、リーダーの盾を新調するかって話をしてたんです！　盾は盾役《タンク》に必須ですし、積極的に更新すべきではないかと……」

弓使《キョウコ》いの言葉を遮《さえぎ》るように、男性が口を開く。

「その考えは分かるけど、俺だって散財するわけにはいかないのよ」

「だから私達がお金出すからって！」

「ガキ達に借り作るのいーやーなの！」

「だー！　もうっ！」

彼の主張にメンバー達が噛《か》み付《つ》いていく。

盾役はパーティの要《かなめ》であり、盾役は何よりも貴重な存在である。

デスゲームになった今は、特に。

ＬＰ０＝死　であるこの世界における盾役は、最も死に近い存在といえるだろう。盾役は敵からの攻撃を一手に引き受ける役目であるし、複数の敵や巨大な敵から〝直接殴られる〟という精神的苦痛も他の職の比ではない。

たとえステータスが誰より高くとも、一撃受けたら死の危険がある後衛職より、常に殴られる盾役は最も死にやすいイメージが強い。

しかし――

盾役がいなければパーティは成立しない。

紋章所属のプレイヤー総数は今や4000名を超えているのに対し、戦闘部隊が僅《わず》か40に留《とど》まっているのにはここに理由があった。

事実、紋章だけに限らず、デスゲームに伴《ともな》う盾役の減少はプレイヤーの中でも大きな問題・課題となっている。

かといって、最も死に近い盾役への転向を強要するのも人道に反するし、しかしそんな役割を自分達は担《にな》いたくない——といった理由もあり、盾役の減少はある種必然といえた。

そんな中で盾役を続ける誠というプレイヤーは、休日は娼館《しょうかん》に通うという素行に目を瞑《つぶ》れば、年の差を感じさせないムードメーカーでパーティからの信頼も厚い存在。

そして誠は、あの侵攻に参加していた数少ないメンバーの一人でもあるのだった。

「誠さんの盾は適正いくつなんですか？」

ミサキは重戦士《誠》が背負う大盾《タワーシールド》に視線を向けた。

「……20のやつだ。わーった、わーったよ！　ただし！　金はお前らから借りたりしねえ！　使うなら自分の装備の足しにしろ！」

そう言って誠は頭を掻きながら、立て掛けてある新しい大盾の前でウィンドウを開き、購入手続きに進んでいく。

他のメンバー達は「武器買えるか見てくる！」などと散り散りとなり、その場には誠とミサキだけが残されることとなる。

「部外者が口出ししちゃってすみません」

「いや、いいよ。確かにレベル36で20の装備を持ってるのは信頼にも欠けるからな」

誠の背中の盾が新しくなり、武具屋の木枠に立て掛けてあった盾が消え去った。

誠はミサキに顔を向け、肩を竦《すく》める。

「というか、ミサキさんが加入したら俺の盾もあいつらの武器も必要なさそうだな——えらい強いって噂《うわさ》だし」

「私は……運が良かっ、いかっ、ただけで、私自身はまだまだですし」

「強いのに驕《おご》らない姿勢は好感が持てるよ。不相応に力を得た奴等がコロッと態度変える世界だからな、ここは。俺も……そんな奴等に命賭《か》けたくないし」

二人が雑談してすごしているうちに四人が戻りはじめ、揃ったところで、全員で自己紹介をする事になった。

「私は部隊無所属のミサキです。今回はよろしくお願いします。レベル29の弓使いです」

ミサキが最初に頭を下げる。

続いて第21部隊の最年少から順に紹介が始まった。

「俺は剣士のショウキチ！　将来は双剣士に転職予定！　レベルはそろそろ18になるぜ！」

活発そうな男の子が元気よく手を上げた。

背中にはクロスした形で剣が収まっている。

その背格好がどことなく恩人とダブって見えた。

ミサキは一瞬どきりとしたが、すぐに笑顔を作って「よろしくね」とお辞儀した。

彼であるはずがない――

そう自分に言い聞かせながら。

「私はケットル。将来的になりたいのは火属性に絞った赤魔道士！　レベルは15だから足を引っ張るかもしれないけど、よろしくお願いします！」

とんがり帽子の眼鏡の少女が頭を下げた。

可愛《かわい》らしい赤色のマントがよく似合っている。

見た目は物静かそうなイメージで戦闘など縁がなさそうにも見えるが、ショウキチ含め、年端もいかない子供達がちゃんと自分の将来進む方向を決めている所に感心するミサキ。

「わた、私は弓使いのキョウコで、です。あのっ、後で色々、その聞いてもいいですか？　弓の扱い方とか、短剣の振るい方とか」

「ええ、もちろん！」

「！　ありがとうございますッ！」

そう言って頭を深々と下げたのは、黒髪少女キョウコだ。

彼女は黙々と自己鍛錬を行う孤高の存在たるミサキに憧れており、初対面がパーティ内になるとは思ってもいなかったため、緊張で言葉に詰まっていた。

「聖職者のバーバラよ。うちは盾役がやり手だからあんまり活躍する機会ないけど、ちゃんと働いてるからね」

ウェーブのかかった茶色い髪の女性。

バーバラは28歳の、ミサキからしたら憧れる年上女性である。ミサキ的には、恐らく年上であろうフラメやルミアのことは年の近い姉妹のように思っていたため、とても新鮮な気持ちでお辞儀した。

「そんで俺がリーダー兼盾役の誠だ。レベルは紋章トップ10にランクインする36！　気軽にまこっちゃんって呼んでくれ」

「呼ばれた事ないだろ！」

軽薄そうに笑う誠に、ショウキチが蹴りを入れる。それは当然システムブロックによって防がれるわけだが、誠は楽しそうに「いでぇ！」などと戯《おど》けてみせていた。

なんかいいな、この雰囲気――

ミサキは永らく縁のなかった家族のような団欒《だんらん》に、自然と笑みが溢《こぼ》れていた。

＊　＊　＊　＊

ウル水門――
かつて存在した町の中心に流れていた川の向きを変える役目で設置された、巨大な水門。塩害に悩まされたその町の守り神として重宝されたその水門も、町が侵攻によって破壊されたことで人々が去り、廃《すた》れ、今は使われていない。

美しかった水門は小汚い緑色の小鬼達の住処《すみか》として、かつて栄えた町の朽《く》ちた姿を今も見守っている。町の残骸《ざんがい》を根城にゴブリン達が多く住み、侵入者を容赦なく襲う危険なエリアと変わり果てていた――

「剣士《ショウキチ》また悪い癖《くせ》でてんぞ！」

「いっけね！」

蟾蜍《ヒキガエル》に似た合唱が辺りから響く。

ウル水門にある朽ちた宿屋の前で、第21部隊が戦闘をしていた。

戦場に重戦士《誠》の声が響く。

「魔道士《ケットル》！　範囲魔法は敵3体以上の時だけだぞ！　MP《精神力》が勿体《もったい》ない、敵視《ヘイト》もそっちに向く可能性がある！」

向かいくる2体のゴブリンに対峙《たいじ》するミサキは、誠の的確な指示に目を丸くしていた。彼は敵の攻撃を一手に引き受けている上に、後ろにいる味方の動きさえも把握しているからだ。

「《連射》」

弓使い《キョウコ》のスキルが発動し、素早く射出された五本の矢のうちの二本が、ゴブリン達の足に深々と突き刺さる。

ゴブリン達の悲鳴が響き渡る。

「ショウキチに《癒《いや》しの衣》」

聖職者《バーバラ》からの常時微量回復《リジェネ》がショウキチへと飛んでゆくのを見ながら、誠がミサキに目配せすると、ミサキはつがえた木の矢を素早い動きで射出し、それはゴブリンの頭部を立て続けに砕いていった。

タァン！　タァン！

2体のゴブリンが吹き飛ばされる。

連続する破裂音と同時に2体のゴブリンはたちまちその体を爆散させ、戦闘完了を告げる音と共に戦利品画面がポップした。

「ショウキチ、お前また攻撃を欲張っただろ？　余計な被弾したらバーバラの仕事も増えるし、お前自身も痛いだろうが」

「残り8％とかだったからつい……」

「ケットルは分かってるよな。外すリスクを考えて範囲を優先するのは間違いじゃないが、敵視が剝《は》がれるのを嫌う盾役も多い。3体未満の場合は俺が狙う敵を優先撃破だ」

「うん、ごめんなさい」

先に進みながら、誠は二人の子供を注意する。

その内容はとても的確で、言い方もそこまで尖《とが》っていない。彼らに配慮していることが分かる。

ひとしきり戦闘指南を終えた誠は、ミサキに向き直る。その顔は驚きに染まっていた。

「しっかしミサキさんの攻撃はほんとエグいわ。命中精度も鬼だし」

「うんうん。ショウキチ達の実戦訓練終わったらミサキさんが処理する流れが一番早いわね」

感心するような声で言う誠とバーバラ。

ミサキはそれに苦笑いでしか返せない。

セオドールから貰《もら》った装備品が普通じゃない事を知ったのは、店売りの商品と見比べた時だ
――特に銀弓の性能が高いため、貰った矢と合わせると威力は異次元になる。

だから特別な銀の矢はしまっておいて、ミサキは店で売っている最安値の矢を60スタック（100本×60）ほど購入しそれを使うようにしている。

矢は消耗するが、これでもこの辺一帯のmobにはoverkill《オーバーキル》である。それについてミサキは「私も適正を大きく上回ってますから」と誤魔化すのだった。

マップも目標地点の半分まで進んだ頃、誠はある一点を見つめ指をさす。それは崩れて朽ち果てているものの、面影から教会ということが見て取れた。

「ちょうどいい。あそこで一旦休憩すっか」

「えぇー！　まだ戦えるよ俺！」

「だーめだ。俺が疲れたし」

不満を漏らすショウキチの頭をポンポンしてやりながら、誠はスタスタと教会跡へと進んでゆく。

ショウキチやケットルは不完全燃焼なのか口を尖らせ、保護者ポジションである弓使い《キョウコ》と手を繋ぎながら、その後を渋々付いていった。

その光景を微笑《ほほえ》ましそうに見つめながら黙って付いていくバーバラに、ミサキが声をかけた。

「誠さん、パーティの事をとても大事にしてますね。憎まれ役全部買って出てますし」

「そりゃあもう。あの子達もあの人に戦闘面だけじゃなくずっと守られてる事に、早く気付いてくれるといいんだけどねぇ」

親の心子知らず――

今年で34歳になる誠にとって、12かそこらの子供であるショウキチやケットルは自分の子供でもおかしくない年齢である。

人生まだまだ折り返しも過ぎていない彼だったが、このような過酷な世界に閉じ込められた子供達が不憫《ふびん》でならず、ギルド内で最も危なっかしく立ち回っていた彼等にパーティを持ちかけたのが第21部隊誕生の秘話である。

誠は過保護とも取れるほど彼等を守る。

自立したと勘違いするショウキチ達の不満が募る。

バーバラ達はそれを悩ましく思うのである。

教会内部は外観同様に廃れているものの、外ではいたる所にゴブリン達の生活の跡が見られたのに対し、ここにそういうものは見当たらない。

(教会にはmobが湧かないのかな？　フィールド上でも簡易的な安全地帯《セーフティーエリア》はあるんだ)

ミサキはあまり外を知らない。

頭を動かし興味深くその風景を眺めながら、また一つこの世界の常識を知る。

誠達は教会の中心に集まりながら腰をかけ、バーバラが手慣れた動きで敷き物と料理を並べてゆく――光のポリゴン群を纏《まと》いながら現れたそれらは、出来立ての様に湯気が立ち、優しい匂いが広がった。

「簡単なパンとシチューで悪いけど」

「おい、ビーフにしてくれよ」

「我儘《わがまま》言わない。抜きにするよ？」

ピシャリと却下された誠は「へいへい」と言いながらパンを掴《つか》むと、今度はキョウコが怒った様に声を上げた。

「こらっ誠さん！　いただきますは？」

「いただきます！！！」

「はい、よろしい」

教会内が笑いに包まれる。

ミサキは、こんな殺伐とした世界にもあたたかい空間があるんだなと笑みを溢した。

渡された料理を「いただきます」を言いながら口に運ぶ。口一杯に広がる香ばしい匂い、サクサクとした歯触り、ほんのりと塩味がとても美味《おい》しく感じた。

「美味しいです！」

「まあギルドの料理屋から買ったやつなんだけどね」

ミサキの言葉に苦笑するバーバラ。

ホワイトシチューも美味しくいただいたミサキは、輪から少し外れ、生命感知で周りを警戒しながら弓を丁寧に拭き始めた。

(今日もよろしくお願いします)

ミサキは武器を使った後、これをしないと落ち着かなくなっていた。毎日のルーティンが身に染み付いているようだ。

それを見ていたキョウコが目を輝かせながら寄ってくる。

「ミサキさん、毎回自分で武器の修繕してるんですか?」

「修繕じゃないですよ! いつも守られてます、ありがとうって感謝の気持ちを込めて拭いてるんです」

「武器、大切にされてるんですね」

「ええ、恩人からいただいた物です」

弓を撫《な》でるミサキの顔は慈母のように穏やかで、同性であるキョウコですら息を呑《の》むほどに美しい絵となっていた。

キョウコは心の中で「これが銀弓の女神《アルテミス》か……!」と、叫んでいた。

＊　＊　＊　＊

元々は馬小屋があった場所だろうか――

朽ちた干し草と動物の骨が折り重なったその場所に、汚れた頭巾《ずきん》を被り、大きく膨《ふく》らんだ布を背負った複数体の青い小鬼がいた。

「いた！　盗賊・ゴブリン！」

「――９、１０。ちょうど１０体いるな」

興奮した様子でショウキチが声量を上げる。

隣で数え終えた誠が盾を構え、後ろの皆に目配せをした。

近くになぎ倒された馬車が破壊されており、それらが依頼主である商人の物であると推測がつく。

依頼書の座標通りの場所だった。

一行は盗賊・ゴブリンと遭遇した。

ウル水門周辺ｍｏｂ図鑑から引用すると、盗賊・ゴブリンは〝ゴブリン〟の派生種であり、種族特性として彼等は生産能力を一切持たず、他種族から略奪し生きている。人間に限らず様々な生物が蓄えた金品や食糧を略奪する。通常の緑色ではなく青色の体を持ち、その袋には強奪したアイテムをため込む習性を持つとされている。

余談だがβテスト時代、盗賊・ゴブリンを倒して序盤では手に入らないレアなアイテムを入手する〝運試し〟と呼ばれる裏技的なものが流行《はや》ったという。

ミサキ達は顔を見合わせ、各々武器を構えた。

「《突進》」

誠が群れへと飛び込んでいく。

盗賊・ゴブリンは誠に気付き、武器を掲げた。

「誠に《防護》《癒しの衣》」

双方が接触する直前——バーバラからの支援を体に受け、誠はその大盾を盗賊・ゴブリン1体に打ち付けた。

ゴキン！ という嫌な音と共に盗賊・ゴブリンの1体が爆散、9体の敵視が一気に誠へ集中した所で残りの5名が動いた。

「おりゃー！」

赤い閃光《せんこう》を纏った二本の剣を振り回しながら、攻撃を繰り出すショウキチ。

彼は〝剣士職かつ、片手直剣を二本装備した状態で30までレベルを上げる〟事によって解放される〝双剣士〟を目指しており、攻撃特化な分防御が疎《おろそ》かになるため、突っ込みすぎない事が一番の課題である。

「9体いるならいいよね……《炎の嵐》」

ケットルの杖《つえ》から放たれた炎がまるで生き物のようにうねりを上げ、炎の竜巻のような形となり盗賊・ゴブリン達を飲み込んだ。

eternityは同パーティおよび同レイドに参加している者への〝あらゆる同士討ち〟ができないように保護されている。炎の嵐に巻き込まれながらも、誠とショウキチが動じないのはそれが理由である。

もしもmotherによって同士討ちができるように修正《パッチ》が入れば、たちまち戦場は地獄と化すだろう。

「《乱れ撃ち》」

「《連射》」

キョウコが矢筒から無数の矢を摑むと、スキル発動と連動し自動《システムアシスト》で射撃の動作まで補助が入り、放たれた矢は雨となって盗賊・ゴブリンの群れに降り注ぐ。

炎の嵐と矢の雨に巻き込まれた盗賊・ゴブリン達はLPをみるみる減らし、ついには0％となった。

後方で僅かに攻撃を逃れた2体の胸にミサキの鋭い矢が二本ずつ撃ち込まれると、その場にいた盗賊・ゴブリンは死に絶え、遺体が消えた先に五つの光の箱が転がったのだった。

＊　＊　＊　＊

一同は物資を拾いながら、各々戦利品を確認する。

本来なら戦利品として得た物はその所有者に権利があるのだが、紋章ギルド——特にこの第21部隊は誠が掲げた〝適した人へ適した物を〟をモットーに戦利品を公平分配していた。

「物資も手に入ったし、レアな短剣も出たな」

今回は誠がレアのドロップを得たらしい。

刃《やいば》の部分が青白く光る短剣を手にしている。

「…………」

バーバラは何かを言おうとして、口を噤《つぐ》む。

誠は気にしていいないいない様子で他のメンバーを見た。

「適性で言えばミサキさんかキョウコちゃんだな」

「あ、私は大丈夫です！　仮参加ですし、気に入ってるのがあるので」

慌てて断るミサキを見て、誠はキョウコに短剣を手渡す。受け取ったキョウコはしばらく短剣を眺めた後、おずおずと顔を上げた。

「じゃあ……あの、いただいていいですか？」

「あーあいいなぁキョウコ姉ちゃんだけ」

適正武器が出たことを単純に羨《うらや》ましがるショウキチ以外、不満を漏らす者は皆無。それは、今回に限らずどんな場面でも〝適した人へ適した物を〟の精神で、その都度公平にアイテムが渡っているためだった。

「わっ！　これレベルもちょうど適正で《急所突き》スキルが付いてる！」

「おおースキル付きか！　かなり値打ちあるぞ」

スキル付き武器に喜ぶキョウコ。

他の面々はおめでとうと拍手を送った。

プレイヤーは一人一つ授かった〝固有スキル〟の他に、職業スキル、そして装備スキルを持つ事ができる。

職業スキルは、先ほど誠からミサキ達までが戦闘で使ったもの。弓使いであるミサキを例にしてみれば《弓術》《盾術》《片手剣術》《投擲《とうてき》術》《遠視》《体術》《急所特化》《特殊攻撃》《連射》《乱れ撃ち》がある。

スキルには〝熟練度〟という概念があり、技こそプレイヤーのレベルに応じて覚えるものだが、熟練度が高ければ威力や命中率、追加効果も上がっていく。

具体的に言えば、熟練度は0～100まで存在し、100に近いほどそのスキル本来の威力や命中精度、詠唱短縮などを発揮できる。

熟練度は単純に使い続けて上げるもの。

レベルを一気に上げても、熟練度の差で強さが変わる事はままあることだ。

ミサキは短い睡眠時間で常に鍛錬しているため熟練度もかなり高いが、彼女の場合は貰った武器達《それ以外の要因》が大部分を占めている。

その点、武器や防具に稀《まれ》に付くスキルは、熟練度もなければ取り出すこともできない。しかし職業スキルや固有スキルとは別に、新たにスキルを覚えられるというのは、戦闘において大きなアドバンテージとなるのだった。

目標を達成した第21部隊一行。

誠のマップでいえば、この先少し進めばボス部屋があり、中には適正レベル12のボスが待ち構えている。

パーティの平均レベルで見れば安全圏より更に余裕を持った構成である。突入すればまず負けないだろう。

「うし、帰るぞ」

「ええ――――！　倒そうよボス！」

「焦らず行くって決めただろ？　ボスを倒すなら最初からそのつもりで備えて行く必要があるんだよ」

「私まだレベルも上がってないのに！」

誠の発言に、ショウキチとケットルが不満を漏らす。

しかし誠は首を縦に振るつもりはないらしい。

「ボス挑戦はお前達が20になってからだ」

「ちぇー……」

二人もいつまでもグズることはない。

この年齢にして、聞き分けは良い方であった。

＊　＊　＊　＊

「エリアから出る前になんとか19になれた！」

「良かったね、ショウキチ君！」

「俺もリーダーとして鼻が高いってもんよ」

「ミサキさんもレベル30おめでとう！」

帰り道のゴブリン討伐によってショウキチとミサキのレベルが一つ上がった。

無邪気に喜ぶショウキチを、ミサキと誠は微笑ましく思いながら眺めていた。

強くなる事は死亡率が下がるという事。

内心ではケットル以外の方《保護者達》が、彼のレベルアップを喜んでいたのかもしれない。

（私ももうレベル30か……）

ミサキは自分のプレイヤー情報を眺めながら、感慨に耽《ふけ》る。

一ヶ月前までは何もできないレベル1の引《ひ》き籠《こも》りだった自分。しかし良き出会いに恵まれ、そして恩人に出会って生き抜く力を貫いここまでやって来れた。

30といえば二次職と呼ばれる上級職に昇級《クラスアップ》できるレベルだ。二次職になれば、戦闘中の選択肢もさらに増える――つまり強くなれる。

（夜にでも職業案内所に寄っておこう……）

そう考えながら、ミサキは画面を閉じた。

一行がアリストラスの門を越えたあたりで、ケットルが一点を見つめ指をさした。

「ねえ、なんか様子が変だよ」

見れば、紋章ギルド前に人だかりができていた。

ここ最近は平和そのものだっただけに、ミサキは背中に嫌な汗が流れるのを感じる。

何があったんだろう――

一行が民衆達に事情を聞こうとした時だ。

人だかりの中心にいる人物の声が響いた。

「僕とアルバは明日、最前線に向かいます！」

それは紛れもなく、ワタルの声だった。

侵攻以降——紋章のギルドホームを建設したワタル達は、非戦闘民や新規ギルドメンバーの生活基盤を素早く整えると、活動拠点をアリストラスからエマロの町へ移した。

現在はさらに進んだカロア城下町に移しており、アリストラスで見かけるのは極めて稀であった。

ワタルのよく通る声が続く——

民衆達は黙ってそれを聞いており、それはミサキ達第21部隊も同じだった。

「この一ヶ月、アリストラスをはじめカロア城下町までの《居住可能エリア》の開発が終わり、最初の頃に比べ生活は安定してきています。アリストラスの魔導結界に用いる《魔力》と《ゴールド》も、消費量を貯蓄量が上回りはじめました。今の体制を維持し続ければ侵攻に脅《おびや》かされる事もありません」

その言葉に、民衆達が歓喜の声を上げた。

魔導結界の効力は一週間で消える——つまり一週間後もここが安全かは、いままで確約されてなかったのだ。しかし今回、その心配も取り払われた。完全な安息の地が確立されたのだ。

沸き立つ民衆達の声を遮るように、ワタルの凛《りん》とした声が響く。

「当初目標としていたアリストラス、エマロ、カロアまでをプレイヤー達の居住区として整える作業は終わりました。我々攻略組は明日の朝――最前線の拠点であるサンドラス甲鉄城へと旅立ちます！」

それに対し、民衆のうちの誰かが反発する。

「俺達を見捨てた最前線の連中が全部終わらせるまで待ってればいいだろ！　わざわざ危険な場所に赴く理由があるのかよ！」

「ワタルさん達がいなくなると正直不安……」

「そうよ！　あたしを見捨てた彼氏なんて野垂れ死ねばいいんだわ！」

かつてはフレンドだった者や、パーティを組んでいた者もいたのだろう。彼等の中には最前線組に〝見捨てられた〟と怨《うら》みを抱く者もおり、ぽつぽつと不満の声が上がり始める。

しかしワタルは動じない。

「このまま待っていても状況は好転しません。それに、最前線組が全滅したら誰が目的を達成するのでしょう？　最前線はなにも、安全で裕福な暮らしができる場所ではありません。むしろ、毎日死と隣り合わせの最も危険な場所と言えます」

その言葉に、不満の声も止む。

「これはただ耐え忍べばいつかは過ぎ去る災害とは違い、手を打たねば拡《ひろ》がり続ける疫病のようなもの！　ｍｏｔｈｅｒからのメールにもあった〝期限〟とも取れる文言が真実ならば、この平和も有限です。だから我々は元の世界へ戻るため――最前線へと合流します！」

ワタルは揺るぎない意志でそう言い放つと、民衆達はワタルの勇気に拍手を送った。

民衆達の、あくまでも他人任《ひとまか》せな姿勢に引っかかるものはあったが、ミサキもワタル達の勇気と決意に胸を打たれていた。

最後に――と、ワタルの言葉が続く。

「最前線攻略勢に加わりたい方は、明日の朝8：00、紋章ギルド前に集まってください！職は不問ですが、安全のためレベル30以上のプレイヤーを対象とします。今回は第一陣として扱いますが、ひと月毎《つきごと》に三箇所の居住区で募集をかけます。もちろん最大の危険が伴いますから、決意の固い方だけ参加してください」

ミサキは脈が速まるのを感じていた。

自分も参加の条件を満たしていたからだ。

かつて宿屋で待つしかできず、苦い想いをしたミサキ――今度こそワタル達《彼等》に貢献できる。

それがたまらなく嬉《うれ》しかったのだ。

＊　＊　＊　＊

紋章ギルド――料亭〝まるの木〟。

依頼達成の祝杯を上げる第21部隊。

誠とバーバラは酒を飲み、未成年組はジュースを啜《すす》りながら、次々と運ばれて来る魚料理に舌鼓《したづつみ》を打っていた。

「俺の奢《おご》りだ！　腹は膨れねえが味はある。たーんと食って、どっさりクソして、ぐっすり寝るんだぞお前ら」

「クソとか言うな。そもそも出んわ」

顔を赤くした誠を、同じく顔を赤くしたバーバラが酒瓶で殴る。

システムブロックの表示と、砕けた酒瓶がポリゴンを散らして消え去る様が子供達に異様にウケ、飲めや騒げやの空間が出来上がっていた。

食に関しての満足度の低いｅｔｅｒｎｉｔｙであるが、酒はどうかというと酔うことができる。ある種状態異常と同じことなので治癒魔法を使えば即座に酔いは醒《さ》めるのだが、《治療《キュア》》が使える聖職者《バーバラ》が物凄《ものすご》いペースで飲んでいるため、アテにできそうにない。

そして時刻は２２：３６——

ショウキチとケットル《お子様達》はそろそろ寝る時間である。

見れば二人共、箸を持ちながら船を漕《こ》ぎはじめている。

「そろそろお暇《いとま》かしら」

「そうだな。ついつい話しすぎた」

子供達を見ながら、バーバラと誠が言う。

ミサキもキョウコと時間を忘れて話し込んでいたためか、時刻を聞いて「もうそんな時間!?」と驚く。自己鍛錬ばかりで落ち着いて人と話すことがなかったせいかもしれない。

バーバラは目を伏せながらグラスを置いた。

「ミサキちゃんは行くのね。最前線」

ミサキはグラスの氷を転がしながらどこか遠くを見つめ、小さく頷《うなず》いた。

「はい……侵攻があった時、何もできなかった自分が悔しくて。だから今回の最前線行きは渡りに船でした」

「そう。第21部隊《うち》に勧誘しようと思ってたのに、残念だわ」

すみませんと申し訳なさそうに呟《つぶや》くミサキに、いいのいいのと答えながら、一瞬——誠の方を見つめた後、バーバラは再び前を向いてため息を一つ。

「あーあ。これでうちも四人になっちゃうなぁ」

「四人？　五人じゃなくてか？」

「うん、四人。だって誠も行くんでしょ、最前線」

今度は誠の目をしっかり見て言うバーバラ。

体を跳ねさせ、誤魔化すように酒を飲む誠。

「……おいおい、酔いすぎだろ。なんで俺が最前線に行く話になってんだ？」

「酔ってなんていないわよ。こっちは《治癒《キュア》》りながら飲んでるんだから」

しばらく見つめ合う形でいた誠は、吹き出すように笑いながら、残っていた酒を一気に飲み干した。

「酔ってないならクビ勧告かぁ？　寂しい事いうじゃねぇの」

「クビとかじゃないわ。決めてるんでしょ、最初から」

その言葉に、誠の手が止まる。

「侵攻が発生した時『全く力になれなかった。悔しい。次は足を引っ張るんじゃなく貢献したい』って言ってたよね。だから昼間にワタルさんの言葉を聞いて私、あーあ、これでお別れなんだなぁって思ったよ」

寝息を立てるショウキチとケットルの頭を撫でながら、今度はキョウコが口を開く。

「この子達を放っておけない気持ちはわかります。でも、いつまでも私達のお守《も》りで縛るわけにいきませんよね」

「…………」

口をつぐむ誠。

バーバラは胸元で光る十字架のネックレスをいじりながら、懐かしむように笑ってみせた。

「これだって、今日の短剣だって戦利品《ドロップアイテム》なんかじゃない……誠が私達のためにお金使ってくれてたの、知ってた。変なお店に通ってた訳じゃないの、知ってた」

「えっ、そうなんですか⁉」

驚きの声を上げるキョウコは、自分の腰に収まった真新しい短剣を見る。

「そうよー。そんな都合よく適正装備ばっかりドロップするわけないでしょう？　それにこの人、夜な夜な訓練場で朝まで自己鍛錬してるんだから。なんで娼館に通ってるなんてバカな嘘《うそ》ついてたのかしらね」

気まずいのか、乱暴に頭を掻く誠。

それを聞いてミサキは、あの深夜の轟音は誠さんの訓練音だったのかな——などと考えていた。暴露大会となってきた空気に耐えかね誠は「あーもう降参降参」と声量を上げた。

「……お前ら盾役《俺》がいなくなったら依頼受けられないだろ。どうすんだよ」

「あら、こう見えて私顔が利《き》くのよ。アテはあるわ。それに誠が丁寧に鍛えて育ててくれたおかげで、第21部隊の評価はかなり高いんだから」

ありがとう。と、伝えるバーバラ。

誠は何かを耐えるように一文字に口を固く結んだ。

「……悪いな、いつも苦労かけて」

「ばか。こっちのセリフよ」

目頭に手を当て小刻みに揺れる誠の肩を、バーバラは優しく抱いた。

キョウコの瞳にも涙が滲《にじ》み、嗚咽《おえつ》が聞こえはじめる。

「これ、お返しになるか分かんないけど、今までの苦労賃とこれからの餞別《せんべつ》」

そう言ってバーバラが何かを送ると、誠の元へメールが届く。中には青を基調としたネックレスと指輪、獅子《しし》が刻印された両刃の斧《ラブリュス》が並んでいた。

どちらもレベル36用の装備。

驚きと戸惑いの表情を見せる誠を見て、バーバラはくすりと笑ってみせた。

「料亭《ここ》に来る前に買ってきたの。盾だけ適正装備じゃ格好つかないもんね」

「バーバラ……」

「中途半端な装備でなんて行かせない。必ず生きて、たまに帰ってきてね――この子達もきっと喜ぶわ」

寝息を立てる二人を愛おしそうに撫でながら、バーバラはミサキに視線を向けた。

「ミサキちゃん。この人があんまり無茶しないように見張りをお願いできる？」

「おい、ショウキチ《子供》みたいな扱いするな！」

「はい、見張っておきます！」

「ちょ、ミサキさーん？」

笑いに包まれる料亭。

誠もバーバラもキョウコも、何か吹っ切れたような表情《かお》で、その夜は大いに笑ったのだった。

＊　＊　＊　＊

皆が寝静まった深夜の都市――

ミサキは都市内に存在する職業案内所へと向かっていた。

「こんばんは。昇級希望ですか？　転職《クラスチエンジ》希望ですか？」

こんな時間帯でも変わらぬ対応をするＮＰＣに心の中で「お疲れ様です」と労《ねぎら》いながら、ミサキは端的に「昇級希望です」と答える。

職業案内所では、NPCが言ったように昇級と転職が行える。聖騎士《ワタル》のような特殊な条件を満たさなければ出現しない職を狙っていない場合、レベル30になった時点で〝昇級〟を選ぶのがセオリーだ。

「ミサキ様は〝弓使い〟ですので、昇級できる上級職はこちらの四種となります」

受付NPCの言葉を合図に、ミサキの目の前に現れる半透明のポップ。そこには四つの職業が並んでおり、それぞれ変動するステータス値や追加されるスキル、そして職業の特徴が記述されていた。

《射手《アーチャー》》
概要：優れた弓使いとして認められた者が就くことのできる職。大弓を装備するとより遠くの距離からの狙撃《そげき》で高い威力と精度を発揮する。時として一本の矢は高位の魔法に勝る
昇級条件：弓使いレベル30
取得スキル：溜《た》め撃《う》ち、扇撃ち、強烈射撃、変則の矢、矢の雨、魂の矢、剛腕、回収、強靭《きょうじん》な心

《狩人《ハンター》》
概要：軽い身のこなしで多くの魔物を狩った者が就くことのできる職。短く重い弓を得意とし、短剣術にも秀でている。罠《わな》や薬学にも精通しており、己が力だけで生き抜く術《すべ》を知る。かつて

のエルフ族がそうだったように、深い森の中が彼らの家だ
昇級条件：弓使いレベル30かつ、弓術スキル熟練度30以上、短剣術スキル熟練度30以上、mob討伐数100体以上
取得スキル：罠解除、罠設置、爆撃の矢、火炎の矢、薬学、薬草回復力、特殊攻撃強化、透視、嗅覚強化、致命の一撃

《隠者《ハーミット》》
概要：高い技術と実力を持つ者が就くことのできる職。弓、短剣、体術全てに精通しており、鋭い一撃で敵を穿《うが》つ。陰に隠れた正義の立役者。研ぎ澄まされた牙は正しく振るわれる
昇級条件：弓使いレベル30かつ、短剣術スキル熟練度30以上、格闘術スキル熟練度30以上、投擲術スキル熟練度30以上
取得スキル：潜伏、見極め、俊足、忍び足、貫通、溜め撃ち、出血属性付与、致命突き、変わり身、闇纏い

《探索者《サーチャー》》
概要：迷宮の案内人。戦闘能力は低いが、生存能力が高く、広い視野を持つ。深淵《しんえん》の世界では彼らの照らす光だけが道標《みちしるべ》となる
昇級条件：完全探索された地図を持っている

取得スキル：照らす光、広範囲開拓、簡易休憩所、集団回復、魔除《まよ》け、潜伏、聞き耳、二択の道標、緊急帰還、死に物狂い

ずらりと並ぶ職業を一つ一つ開き、スキル概要を確認しながら、ミサキは自分の目標に沿わない職をはじいてゆく。

（強くなるために昇級するなら、探索者にはなれないかな。射手は一般的な弓使いの転職先で癖は少ないって聞くし、狩人は一人で生き抜くには有用そうだけど――）

この先必要になるのは、ワタルやアルバ達に貢献できる力――かつ、自己完結もできて自分の能力を最大限に活かせる力。そう理解していたミサキは、迷うことなく隠者を選ぶ。

ステータス上昇値が最も大きかったのもあるが、一番の理由は有用なスキル群と、短剣術まで大きく強化される職業恩恵も魅力があった事だ。

弓も短剣も体術も一流になりたい。

かの日の騎士に誓ったミサキの目標だ。

「隠者にします」

「かしこまりました」

ＮＰＣがそう答えると同時に、ミサキの中で〝何か〟が確実に変わったのを感じた。

言い表せない万能感。

かつてレベル３から２７までを駆け上がってしまった時のような全能感に包まれると共に、

しかしミサキはその感情を理性的に制御する。

（私の力は授かった力なんだ）

力の上にあぐらをかく資格なんてない。

常に感謝し、常に謙虚に。

強くあれ、強くあれ、強くあれ――

自己暗示のように自分にそう言い聞かせながら、ミサキは施設を後にする。

向かう先は宿屋、ではなく訓練所であった。

＊　＊　＊　＊

最前線に向かう影響か、この時間いつもは閑散としている訓練所にも、ちらほらと人の姿がある。ミサキは特に気にせず空いてる部屋へと入り、施設の設定を操作する。

（隠者は敵に気付かれずに動くのが一番活躍の場がありそう）

ミサキは新しく得たスキル《潜伏》を使った後、3体のゴブリンを出現させる。

しかしゴブリン達は直線上にいるミサキを認知できず、蟾蜍《ヒキガエル》のような声を出してさまよいはじめた。

（《潜伏》を使えばかなり近くまで気付かれずに行動できるのか。後は《忍び足》と《俊足》で……）

牙の短剣を構え、駆けるミサキ。

その足音は限りなく小さく、さらに俊足の効果でいつもより数段速い。

ミサキの視界に情報が表示された。

それはゴブリン達のレベルとLPだった。

（普段は初撃を与えないと見えなかったモンスターの情報が、近付くだけで《見極め》によって掲示されるんだ。生命感知と合わせればボスモンスターの偵察にも使えそう……）

そのままミサキは一番手前のゴブリンに近付き、その首元目掛けて短剣を振る。

弾けるような音——

短い悲鳴と共にゴブリンの首が飛ぶ。

スキル《急所特化》と《致命突き》によってoverkill《オーバーキル》となり、残りの2体が唸《うな》りを上げる。

「攻撃で私を認識した……潜伏の効力は初撃までか」

冷静に分析しながら、ミサキは呟く。

向かい来る2体のゴブリンに向け今度は弓を抜き、素早い動きで《貫通》を発動。1体の眉間を撃ち抜いた矢の威力は衰えぬまま、ゴブリン達のはるか後方へ突き刺さる。

最後のゴブリンの斧がミサキを強襲する刹那——

「《変わり身》」

ミサキの体は、壁に刺さった矢と入れ替わる。

振り下ろす斧が木の矢を破壊し、ゴブリンは目標が変わったことに狼狽《うろた》える。

銀弓をギリリと引き絞るミサキ。

銀弓に白色の光が集まってゆく――

《溜め撃ち》発動。１……２……３……４！）

白の光を纏いし放たれた矢は、螺旋《らせん》回転しながら轟音を唸らせ最後のゴブリンを粉砕する。

その威力は間違いなくｏｖｅｒｋｉｌｌであった。

（うん、いけそう！）

自身に増えた大きな〝手札〟に手応《てごた》えを感じ、ミサキは残心を解いた。

（どの程度の敵まで一撃で倒せるのか案山子を使って試しておかなきゃかな……それにしてもこの銀弓、付属の銀の矢を使ったらどれほどのダメージが出るんだろう）

そんな事を考えながら、別の部屋へと向かうミサキ。

慎重すぎるほどの入念な調整は朝まで続いた。

＊　＊　＊　＊

翌朝――紋章ギルド前。
鈍色の鎧を着た大勢のプレイヤーがひしめく中に、ミサキはいた。ここには昨日のワタルの言葉に感銘を受けたおよそ３０人のメンバーが集まっていた。

黒馬に跨《また》がるアルバが先頭に立つ。

その傍《かたわ》らにはワタルの姿もあった。

「よく集まってくれた。これより我々はイリアナ坑道、ウル水門、エマロの町、オルスロット修道院を経て、カロア城下町に向かう。そしてキレン墓地、クリシラ遺跡、ケンロン大空洞を攻略し、コアネ修道院を経て——最前線、サンドラス甲鉄城に合流する！」

アルバの言葉に、沸き立つメンバー達。

自分の横にヌッと現れた人影を見上げるミサキは、笑顔で挨拶をした。

「おはようございます、誠さん」

「おう、おはよう」

首元に光る、青色のネックレス。

背中には大盾と両刃の斧が収まっている。

全身適正装備を纏った誠。

ショウキチ達ともお別れを済ませてきたのか目のふちが赤くなっているが、その目にはもう迷いはなかった。

「時間だ——出発！」

アルバの声を合図に、ぞろぞろと進みはじめる鈍色の群れ。

「…………」

ミサキは後ろを振り返りながら〝生命感知〟を使い、あの日から今日まで一度として現れなかった〝紫の点〟を最後に探す。

気付けば毎日その色を探していた。

（また会えますか？　修太郎さん）

どこにも無い紫の点。

ミサキはそのまま列の方へと視線を戻し、足並みを揃えて歩き出した——

＊　＊　＊　＊

鈍色の列を遠くで見つめる亜麻色《あまいろ》の髪の少年。

「プニ夫《お》の鎧もかっこいいけど、やっぱ紋章ギルドの制服かっこいいなぁ……」

そう呟きながら、ミサキと入れ替わるようにして修太郎は紋章ギルドの建物へと入っていく——奇《く》しくもミサキの探し人は、彼女のすぐ後ろにいたのだった。

ミサキの生命感知に反応していたのは、プレイヤーである修太郎の〝青〟と、修太郎を纏うプニ夫《mob》の〝赤〟が重なった色の紫。

プニ夫を纏っていない今の修太郎は、ミサキには〝青〟に見えていたのだった。そして遠目だった事と、服装が変わっていた事で、修太郎もまたミサキには気付かなかった。

その後、紋章ギルドでパーティを探す修太郎と、最前線へと向かうミサキ——二人が再び出会うのは、もう少し先の話である。

Chapter04: 第4話

The unimplemented end-stage enemys have joined us!

戦闘指南役《キャンディー》から合格をもらい、集合場所である門の前へとやって来た修太郎《しゅうたろう》は、門の前で留《とど》まる荷馬車と数人のプレイヤーを見つけた。

一人は温厚そうな弓使いの青年。

一人は盾と剣を持った小柄な中年男性。

一人は杖《つえ》を持った長い黒髪の女性。

そして一人は——


「遅いっ！」

中年女性の怒号に修太郎は小走りで合流する。

女性にしては大柄で豊満な体型。

ゆったりとした鈍色《にびいろ》のドレスアーマーに身を包み、紫色の髪が特徴的なその中年女性は修太郎を値踏みするようにジロリと眺めた。

「あなた、レベルは？」

「ええと、31です！」

「ふうん。まあ合格にしておいてあげるわ」

いきなりそう言われ、困惑する修太郎。

中年男性が慌ててそれを止めに来る。

「あ、あの、リヴィルさん？　初対面の子にそんな態度は……」

「なあに？　遅れて来たガキに何言おうが勝手でしょ？」

そのまま中年女性は中年男性に罵声《ばせい》を浴びせはじめ、男性は頭を下げ続けている。

いきなりの事に唖然《あぜん》とする修太郎。

すかさず魔王から念話が飛んでくる。

『醜《みにく》いですね……消しましょうか？』

『ううん、平気！』

上空から見下ろしているであろうエルロードを落ち着かせる修太郎。

魔導結界が施されているのに、なぜエルロードは修太郎達を認識できるのか――そこには魔導結界が防げる範囲に〝限界〟が存在するという恐ろしい事実が隠れているのだが、平和に暮らすアリストラスのプレイヤー達は知る由《よし》もない。

中年女性の声量が上がっていく。

鬼の居ぬ間にと、残り二人が歩み寄る。

「気にしない方がいいよ。俺達が合流した時もあんな感じだったから」

二人を見つめながら言う青年に、修太郎は紫髪の女性を見つつこくんと頷《うなず》いた。

「自己紹介でもしよっか。俺はキイチ。レベル25の弓使いだ」

膝《ひざ》を折り、目線を合わせ握手を求めるキイチ。

修太郎は嬉《うれ》しそうにそれに応《こた》えた。

今度は隣の女性が口を開く。

「私はヨシノ。レベル25の聖職者」

ヨシノはぶかぶかの黒のローブを身に纏《まと》っており、キイチは動きやすそうな革の鎧《よろい》を着ている。

「僕は修太郎！　レベル31の剣士！」

「すごいね、31だなんて。パーティ一覧に表示されたのを見て驚いたよ」

キイチの言葉を受け、気になった修太郎は視界の左下にあるパーティ一覧に視線を向けた。

種子田（L）　兵士　Lv.23
キイチ　弓使い　Lv.25
ヨシノ　聖職者　Lv.25
修太郎　剣士　Lv.31
リヴィル　召喚士《サモナー》　Lv.28

（リヴィルさんが召喚士かぁ……あの男の人はなんて読むんだろう）

修太郎がそんなことを考えていると、リヴィルの罵倒も終わったらしく、二人もこちらへとやって来た。

「自己紹介がまだだったね。僕は種子田《たねだ》、レベル23の兵士だよ」

ふくよかな体型の種子田。

甲冑《かっちゅう》の顔当ての部分だけを上にあげた全身鎧を着ており、腕には丸盾《バックラー》と、腰に剣が覗《のぞ》いている。

そしてリヴィルが口を開く。

「挨拶の前に確認ね。今回は〝アリストラスからエマロの町への往復〟が依頼の条件だから、途中抜けを禁止にしたいんだけどいいかしら？」

その言葉に、キイチとヨシノは顔を見合わせ、小さく頷く。修太郎は「依頼の内容なのになんで確認取るの？」などと考えており、沈黙を肯定とみなしたリヴィルは満足そうに頷いた。

「じゃあ改めて。私は召喚士のリヴィル。ちなみにこの部隊は隊員募集してるから、この依頼で活躍できたら誘うわね」

リヴィルはキイチとヨシノに視線を移しながらそう言い放つ。二人は諦めたように、黙って頷いた。

修太郎は気付かないが、種子田とリヴィルが鈍色の鎧――つまり紋章《もんしょう》ギルドの制服を着ているのに対し、キイチとヨシノが着ていないのには理由がある。

二人は元々別の町を拠点に活動しており、実はワタルとアルバが最前線組を集めるためアリストラスに向かう際、拠点を移したいと考えた大勢の中に混じり、いわゆるIターンのような形で戻ってきたプレイヤーだ。

その後、アリストラスに戻ってからギルドに所属はしたものの、日が浅いため制服を着ていない。逆に種子田とリヴィルは昔から戦闘員として紋章に所属しているため制服を着ている

――という事情がある。

つまり、第38部隊の正隊員は鎧を着た二人だけで、修太郎を含めた三人は体験入隊のような状態である。なぜ正隊員が二人にまで減ったのかは後々判明するのだが……。

空気を変えようと、キイチが修太郎に声を掛けた。

「修太郎君は、なぜこの隊に？」

それに答える修太郎。

「ここに召喚士がいると聞いて来ました！」

それを聞いて機嫌を良くしたのはリヴィルだ。

「あらあら、そうだったの。まあ私の召喚獣は特別だから気になるのも頷けるわね。なんたってレアな盾役《タンク》適性の召喚獣なんだから！」

満足そうに頷くリヴィル。

修太郎は小首を傾《かし》げながらそれに答える。

「召喚士の人なら誰でも良かったです！」

「……っ！」

屈託《くったく》のない笑みでそう答える修太郎に、ヨシノはたまらず吹き出すと、顔を真《ま》っ赤《か》にしたリヴィルが唾を飛ばしながら反論する。

「なら他の部隊に行きなさいよ!!」

「？　それなら……」

「ま、まぁまぁ。それくらいにして、そろそろ依頼に向かいませんか？」

面倒な気配を察した種子田が場をとりなすと、リヴィルは不機嫌そうに鼻を鳴らした。

荷車を引く馬が動き出し、ギスギスした雰囲気のまま修太郎達は外へと出た。

平原に出てすぐ、リヴィルが杖を抜き掲げた。

召喚獣を呼び出すんだ——

大いに期待する修太郎と、静観する面々。

「おいで、アイアン！」

リヴィルの掛け声に応じるかのように、まるで地面からせり出すような形で錆《さ》びた鎧の人型が現れた。

鎧は紋章の制服よりもさらにゴツゴツした見た目をしており、年季が入っているのかボロボロで、所々塗装が剝《は》げている。

甲冑の奥から覗く黄色い瞳が怪《あや》しく光り、その呼吸音は大型の獣《けもの》を彷彿《ほうふつ》とさせる。

「これが私の相棒でこの38部隊の盾役であるアイアン。便利だし文句も言わないし疲れも知らない。最高の道具よね」

そう言ってアイアンを叩《たた》くリヴィル。

甲高い音を響かせるもアイアンは微動だにせず、ただそこに佇《たたず》んでいる。

修太郎はというと、感激していた。

「すっげええ！　鉄の巨人だ！　ロボだ！」

「あーあ、やはりお子ちゃまね。戦闘ではアテになるんでしょうね？」

リヴィルの小言もどこ吹く風。

修太郎はそのボロの鉄塊を舐《な》めるように見る。

なかなかどうして男子に刺さる風態《ビジュアル》をしており、盾役と言われても納得の屈強《くっきょう》さが窺《うかが》える。

しかしボロの鉄塊《それ》を見つめるキイチとヨシノの表情は曇《くも》ったままだった。

＊　＊　＊　＊

一行は通り道であるウル水門へと差し掛かった。

先頭を行くのは召喚獣《アイアン》。

その後ろを弓使いの青年《キイチ》と紫髪の召喚士《リヴィル》が歩き、馬車を挟んだ後ろに並ぶ形で聖職者の女性《ヨシノ》と修太郎が続き、最後尾に中年の男性兵士《種子田》がついてくる。

道中の雑魚敵《ざこてき》は全てキイチの弓で処理され戦闘らしい戦闘は今のところ一度もない。パーティ平均レベルが適正を大きく上回っているためか、多少気が抜けていても問題はないようだ。

「やっぱり雑魚処理担当は弓使いに限るわね」

「あはは……」

馬鹿にしたようにそう言い放つリヴィル。

キイチは乾いた笑いを溢《こぼ》すことしかできなかった。

遠距離から攻撃できる上に、呪文を選び詠唱時間《キャストタイム》を必要とする魔法職《キャスター》よりも素早く攻撃できるため、雑魚を処理する係は弓使い《アーチャー》が最適である。

キイチもそれは職業の宿命だと割り切っていた。

修太郎はキイチに労《ねぎら》いの言葉を掛ける。

「キイチさん、百発百中ですね！」

「ありがとう。でも《弓術》がかなりアシスト《手助け》してくれてるからね、俺が上手《うま》いってわけじゃないんだ」

全く知識や経験の無い者からしたら、弓を引いて中《あ》てるだけでも至難の業《わざ》ではある。しかし、アシストがあればスキル同様に武器も扱いやすくなるのだ。

誰にでもできる芸当だと笑うキイチだったが、褒められたことに嫌な気はしなかった。

無邪気な笑みを浮かべる修太郎を横目に見ていたヨシノは内心、修太郎の存在に癒《いや》されながら声をかける。

「修太郎君。全然出番がなくて退屈だよね」

「ううん！　見てるだけでも楽しいよ！」

「ふふふ、そっかそっか。でも水門付近では流石《さすが》に戦ってもらうことになるかもね」

「任せてよ！　こう見えて強いんだから！」

「期待してるわ」

ヨシノと修太郎が楽しくしている所に、最後尾にいた種子田が混ざる。種子田はリヴィルの方へ何度も目線を動かしながら、声を潜めて謝った。

「ごめんねさっきは。リヴィル、ここ最近の振る舞いが特に横暴で」

それを聞いたヨシノは、同じようにリヴィルを警戒しつつ、声を潜めて答える。

「種子田さんはどうしてあんな人とずっとパーティを組んでいるんです？　種子田さんのレベルがあれば、他の所からも引く手数多《あまた》でしょう？」

苦笑を浮かべる種子田。

「あの人《ひと》とは古い仲でね。今はあんな感じだけど、昔は楽しく一緒にゲームしてたんだ。だからなんというか、見捨てられなくてね」

種子田とリヴィルは別のゲームからの親しいフレンドで、一時期はゲーム内の恋人でもあった。

リヴィルだけがｅｔｅｒｎｉｔｙの第二陣テスターに選ばれた際も、一緒にやりたいからと本体購入を即決したほどの仲であった。

デスゲーム開始前にもパーティを組んでおり、お互いを励まし合いながら立ち直った過去もある。レアな盾役適性を持った召喚獣《アイアン》をランダム召喚で引いたときは、互いに手を取り合って喜んだほどだ。

「レベル上げが軌道に乗ってからは、彼女が色んな部隊に引っ張りだこになっていってね。僕との格差も広がって、気付けば彼女は別人のようになっていたんだよ」

降って湧いた幸運《アイアン》によって、この世界で最も需要のある召喚士へと、リヴィルは成り上がったのだ。

諦めたようにリヴィルを見る種子田。

キイチになにか小言を言って、声高らかに笑っている彼女の姿が見える。

「彼女の立ち振る舞い、言動の影響で僕らの部隊は人の入れ替わりが激しくてね。任務の途中脱退も頻繁に起こったよ。それにアイアンの事も便利な道具みたいに扱って――」

知られざる二人の過去。

ヨシノは何も言えず、口をつぐんで俯《うつむ》いた。

そんなこんなで雑談もぽつぽつと交わしつつ、やる事のない修太郎はパーティ一覧をもう一度確認する。

種子田（L）　兵士　Lv.23
キイチ　弓使い　Lv.25
ヨシノ　聖職者　Lv.25
修太郎　剣士　Lv.31

リヴィル　召喚士　Lv.28
＋AcM　アイアン

「この、AcM《えーしーえむ》ってなんですか？」

アイアンの横に妙《みょう》な表記がある事に気付き、それとなく尋ねる修太郎。

それはリヴィルの耳にも届いたようで、聞こえるように大きくため息を吐《つ》き「なんにも知らないのね」と首を振っていた。

その後ろ姿をジィと数秒観察した後、ヨシノが呆《あき》れ気味にため息を吐く。

「召喚士サマが答えないみたいだから答えるけど、これはAccompany Mob《追随するモンスター》の略称よ。つまりはあの人に追随したｍｏｂ――味方のモンスターですよっていう意味かな」

修太郎は納得したように頷いた。

「従魔使い《テイマー》のモンスターも同じ表示になるんですか？」

「うん。何度かパーティを組んだけど、召喚士や従魔使い《そういうの》は等しく同じ表記だったわ」

修太郎にとってこれは大きな収穫である。

この状態が表示できるようになれば、魔王達とも一緒に行動できるからだ。

召喚獣や従魔は本を正せばｍｏｂである。

それを特殊な契約でもって従属関係を結ぶことで共に戦う相棒となるが、どうやらｍｏｂの表記はそのままのようだ。

修太郎はそのままアイアンに視線を移す。

どしんどしんと大きな音を立てて進む鉄の塊《かたまり》の頭の上に《AcM：アイアン》と表記されているのも確認する。

「修太郎君はどうして召喚士のいるパーティを希望したの？」

種子田がそう尋ねると、修太郎は全く隠す様子もなくそれに答えた。

「召喚士になりたいんです！」

「え。でも今剣士でレベル31だよ……？」

「？　でもなりたいです」

「レベルとかスキル熟練度とか初期化されちゃうのに!?」

「それは……また上げなおせばいいです」

あっけらかんと言い放つ修太郎。

種子田は「いいのか？　いや、危険だよな、でもこの子の意見を尊重……」などと独り言を呟《つぶや》きだした。

修太郎にとっての第一優先は、プニ夫《お》や魔王達と共に行動する事。修太郎は自分の強化を優先するよりも、彼等と共にあった方が互いに安心で安全であると理解していた。

武器術系のスキル熟練度は引き継げる事も知っていたし、なによりバートランドから学んだ経験は修太郎の中で血となり肉となっている。

そもそも不相応に上がったレベルであるし、レベルの初期化にもそれほど未練はなかった。

（魔王達《みんな》を連れて歩くには、ＡｃＭの名前が付いてないと怪しまれちゃうのか……。パーティの一覧にもこのＡｃＭって表記も必要、と）

今後の課題が見えてきた修太郎。

そうこう言っている内に、廃れた町――ウル水門が見えてきた。

ウル水門に到着した一行。

はるか遠くにそびえる朽《く》ちた水門が荒廃した町を見下ろす様は、どことなくノスタルジックな気持ちにさせる。

景色を楽しむ時間もそこそこに足を進める。

そして行く手を阻《はば》むようにして、４体のゴブリンが躍り出た。

「アイアン。行きなさい」

アイアンに指示を出すリヴィル。

ボロボロの鉄塊はぎこちない動きでゴブリンの群れへと突っ込むと、ゴブリン達が一斉に叩き始めた。

「アイアンに《防壁》」

「ちょっと。余計なことしてないで攻撃しなさいよ。強化《バフ》なんて贅沢《ぜいたく》なもん召喚獣に使わなくていいのよ。痛みなんか感じないんだし、死んでも蘇《よみがえ》るのよ？」

ヨシノをひと睨《にら》みした後、しかし自分は杖を抜かずに傍観するリヴィル。

種子田が駆け、キイチは弓を引いた。

皆がレベル20を超えるパーティにとってゴブリン達は敵ではない。修太郎が剣を抜くまでもなく、瞬《またた》く間《ま》にゴブリン達は壊滅した。

「さ、行きましょ」

退屈そうにリヴィルが歩きだした。

光の粒子が散っていく中、アイアンがその場に佇んでいた。

いくらデータとはいえ戦闘が終わっても主に労いの言葉すら掛けられず、ただ純真に主の命に応えるだけの存在――その背中のなんと虚《むな》しいことか。

ヨシノは唇《くちびる》を噛《か》みしめ、魔法を唱える。

「アイアンに《癒し》」

アイアンは緑の光に包まれ、僅かに減っていたLP《生命力》を回復させた。それを見たリヴィルは「それで戦闘に貢献したつもり？」と鼻で笑いながら、ヨシノと修太郎の前に立った。

「あなた達、戦利品手に入れたわよね？　それ私によこしなさい」

「え？　でも報酬って普通は……」

「だって戦闘に参加してないでしょ？　なら盾《パーティの要》役の主人である私に渡すべきじゃない？　ゴールドもよ。早くして」

そう言って半ば無理やりに戦利品とゴールドを手に入れたリヴィル。

修太郎は戦闘にも参加していなかったし「戦ってない人は貰《もら》っちゃダメなんだなぁ」と自己完結していたが、ヨシノは複雑そうな顔でリヴィルを見ていた。

「なあに？　文句あんの？」

「いえ、別に……」

威圧にて反論を許さないリヴィル。

種子田がうんざりした様子で言う。

「リヴィルさん、やめましょうよ」

「はあ？　ならあんたの取り分から分配してあげればいいじゃないの」

種子田の言葉にも食ってかかるリヴィル。

キイチは内心、これほどの問題児がいるパーティなら最初から参加してなかったのにと、詐欺にあったような気持ちを抱きつつ無言を貫いていた。

「全く――聖職者《ヒーラー》なんて要《い》らないのに、指南役のやつ規則規則って」

そう愚痴《ぐち》りながら鬱陶《うっとう》しそうに髪をかきあげると、リヴィルは思い出したように手を叩く。

「ああ、言ってなかったけど、貴重な盾役が居なければパーティ任務受けられないんだし依頼達成報酬の5割は私の取り分だからね」

その言葉にヨシノは驚愕《きょうがく》の声を上げる。

「ええ!?　そんなの聞いたことありません！　確かに盾役が優遇されるのは仕方ないと思いますが……」

「じゃあ抜けたら？　レベル25もあれば一人で帰っても別に死んだりしないでしょ？　まあこの辺、ＰＫがまだ彷徨《さまよ》ってるって噂《うわさ》だけどね」

そう言って愉快そうに手を振るリヴィル。

受付嬢《ルミア》と戦闘指南役《キャンディー》が危惧《きぐ》していたように、このリヴィルというプレイヤーは、ランダム召喚によってLPやVITが高く盾役適性を持っていた召喚獣《アイアン》を奇跡的に手にしてからというもの、横暴な態度で味方をいびる素行の悪さで目立っていた。

アイアンを肉壁に無理やりレベリングを行ったお陰《かげ》もあり、彼女自身のレベルもかなり高い――それがまた彼女の傲慢《ごうまん》さを加速させた。

最近では報酬すら不平等に分配し、反論する者はその場で追放すると脅す。そして、抜けた者が幹部連中に報告しようものなら紋章での居場所を失《な》くさせると脅しをかけている。

報告して処罰を求めるより、その場を我慢して二度と近付かない方が摩擦《まさつ》も少なくすむし楽だ――と、参加した面々は考えるようになり、ここまでの悪行全部が晒《さら》されることはなかった。

今や降格に次ぐ降格で第38部隊にまで番号を落とした（第1部隊が最も優秀で、そこから総合評価順に番号振りをされていくシステム）ものの、リヴィルが主張するように貴重な盾役適性の召喚獣がいる恩恵は大きい。

盾役は命がけの職業――

しかしそれを、蘇生《そせい》が可能で痛みも恐怖も感じない召喚獣《アイアン》に代用させられるならば、プレイヤー側としてはこれほど助かる事もないのだ。

これらのことが、リヴィルの素行については悪評が轟《とどろ》いていたものの、それでも未《いま》だギルドに籍がある理由となっていた。彼女もまた、自分は紋章にとって必要な存在だと理解しているのであった。

ヨシノとキイチはアイコンタクトをした後小さく頷き、修太郎に耳打ちする。

「修太郎君。一緒に抜ける？　帰って別の部隊に入った方がいいよ」

それに対して修太郎は笑顔で答える。

「ううん、僕はもう少しリヴィルさん達と一緒にやってみます！」

修太郎にとって、経験値も報酬アイテムもゴールドも欲しいものは特にない。彼の目的は、リヴィルから召喚士としての情報を聞きだすことだけだったから。

そんな修太郎を心配してか、ヨシノとキイチは「こんなパーティに一人残すのは可哀想《かわいそう》だ」と脱退を断念し、依頼を続行させた。

＊　＊　＊　＊

難なくウル水門のボス部屋までたどり着いた一行。

開けた空間をぐるりと囲うように立てられた棒の上、陥没した頭蓋骨が並んでいた。

そこかしこから聞こえる蝦蟇《ガマガエル》に似た声。

広場の中央には木と蔦《つた》で作られた玉座に座る大きなゴブリン――ゴブリン・リーダーと、その付近にたむろする十数匹のゴブリンの群れが確認できる。

基本的に次のエリアに向かうには、それに面したエリアのボスを撃破することで先への道が開かれる。

「さっさと終わらせて依頼完了させましょ。ほら、囮《おとり》になってきなさい」

リヴィルの言葉を合図に、先頭を行くアイアンがボス部屋に進入していく。

他の面々も特に気にすることなくそれに続くが、唯一修太郎だけが異変に気付いていた。

「――アイアンの目の色、赤かったっけ?」

すでに戦闘が始まろうとしていたためか、修太郎の呟きに誰も気付くことはなかった。ゴブリン達が立ち上がり、ボス戦が始まる。

《boss mob：ゴブリン・リーダー　Lv.10》

薄紅色の一際大きなゴブリンが唸《うな》る。

周囲のゴブリン達が武器を掲げた。

「なにモタモタしてんのよ。アイアン、行きなさい」

重い足取りで進むアイアンの後頭部を杖で殴るリヴィル――そして、ソレは起こったのだ。

「ッ!?」

アイアンの赤い瞳が激しく光る――

その体をぐりんと回し、錆びた腕を伸ばしてリヴィル《主》の頭を鷲掴《わしづか》みにし持ち上げる。

「〰〰ン〰〰!!!!?!」

リヴィルの叫び声。

猛烈な勢いで減少するLP。

他の面々は動けない。

修太郎がエルロードに念話を飛ばしたその刹那《せつな》――何かが潰《つぶ》れる嫌な音が周囲に響き渡った。

弾《はじ》けるように鮮血のエフェクトが飛び散った。

「いやあああああ！！！！」

ヨシノの絶叫がこだまする。

アイアンの右手からは赤色のエフェクトが滴《したた》り落《お》ち、頭部を失った女性の体が力なく崩れ落ちた。

召喚獣や従魔は本を正せばｍｏｂである。

契約は信頼関係――システム的にはＮＰＣとは別の《カルマ値》によって保たれている。

カルマ値がマイナスになるとどうなるか。

ＮＰＣの場合、町で見かけただけで会話を拒否したり襲ってきたりする。これは〝自分達に害をなす存在〟だと認識しているからこその防衛本能であり、そしてｍｏｂの場合も同様のことが言えるのである。

パーティ欄の〝リヴィル〟の文字が黒化した。

それが意味するのは、死――

「なん、え、どうして……？」

「出ましょう‼　いや、ここはボス部屋だから出られない、皆固まって‼」

口をパクパクさせる種子田。

キイチの怒号が飛ぶ。

目の前で突然起こった〝人の死〟。

デスゲーム開始直後と違い、平和になるにつれ死から離れつつあったプレイヤー達は、いざ死を目前にするとなにもできなくなる。

血を見て興奮するゴブリン達。

歓喜の声と威嚇する声が入り混じり、ヨシノの絶叫をかき消す程の大合唱が響いた。

《mob：アイアン　Lv.33》

召喚士《主》を失ったアイアンは単なるｍｏｂに戻っていた。

召喚獣が主を殺した場合、召喚獣は自分を縛る契約から解き放たれ〝野生〟を取り戻す。個体が優秀だったのだろう。アイアンのレベルは主のレベルを大きく上回った３３である。

アイアンは主だった塊が光の粒子に変わり、それが溶けて消えるまで何も言わずに見届けていた――それが終わると、赤色の目を光らせプレイヤー達を見据えた。

凄惨《せいさん》な光景による動揺は収まらず、泣き喚《なわめ》くヨシノとへたり込む種子田。部屋に張られた結界を悔しそうに叩き続けるキイチ。

そして修太郎はというと――

『主様。ご気分はいかがですか？』

『ありがとう。落ち着いた……』

エルロードによる《聴覚保護》《視覚保護》《精神安定》《状態の回復》という状態異常保護《アンチバッドステータス》

の支援を受け、冷静さを取り戻す。

はじめて見た人の死——

しかし今は、その死に嘆くよりも、この状況をどう打破すべきか……修太郎の頭はそのことだけに働いていた。

ここが勝機だと襲いくるゴブリン達。

荷車を押し倒し踏み壊しながら、波のように第38部隊の方へと群がってくる。

『他の人達に同じ事はできそう？』

『できますが、恐らく〝自分の混乱が突然解かれた〟説明が付かないかと。それよりもまず雑魚共を抹殺しますね』

『ううん、それは僕にやらせて——』

そう言いながら、修太郎は剣を抜く。

ゴブリン達の数はおよそ17体。

それに加えてゴブリン・リーダー。

そして未だ沈黙する元召喚獣《アイアン》。

『危険と判断した場合、速やかに救助に入ります。加護はいかが致しますか』

『それも平気だよ。ありがとう』

短い念話ののち、修太郎は剣士のスキル《疾走》で一気に加速すると、ゴブリン達の真ん中に飛び込み《回転斬り》を発動させる——！

高速回転する修太郎。

その刃《やいば》に斬り付けられたゴブリン達は体を分解させ、勢いよく弾き飛ばされたのち爆散する。

さらに残った数体を、勢いそのままに回し蹴りで吹き飛ばすと《三連波》を発動——緑色に光った剣先から放たれた三本の斬撃が飛んでゆき、空中でゴブリン達を断ち切った。

瞬く間にゴブリン達を倒した修太郎。

ゴブリン・リーダーが大剣を持って飛び上がる。

巨大な刃が差し迫る刹那——修太郎の体が残像と共にブレた。

ゴウッ！　という凄《すさ》まじい風切り音が修太郎の耳元を掠《かす》めたと同時に、ゴブリン・リーダーの背中に白銀の刃が飛び出した。

（《見切り》を何度も練習しておいてよかった）

体を爆散させるゴブリン・リーダーを見送りながら、バートランドとの特訓の日々を思い返す修太郎。

最後に残った鉄塊に視線を向け、寂しそうに剣を構える。

「嫌いだったのに、いなくなって悲しくなったんだね」

赤い瞳を妖《あや》しく光らせ修太郎を見るアイアン。

その錆びた腕を振り上げ、一気に振り下ろした。

修太郎が飛び出す——

元いた場所に岩のトゲが生えたと同時に、修太郎の刃がアイアンを強襲した。

けたたましい金属音、飛び散る火花。

(流石にかなり硬い)

削れたLPは3割ほど。

そのままアイアンが腕を振り上げる初動を見て《見切り》を使い、避けたと同時に返す刃が炸裂《さくれつ》した。

たまらず吹き飛ばされるアイアン――

LPの更に5割が削れ、残り2割となる。

修太郎は《疾走》により距離を詰める。

反撃の拳《こぶし》を《見切り》で避けながら、怒りや悲しみを帯びたその赤い瞳に剣を突き立てた。

アイアンの動きが止まった。

「ちょっとだけお休み」

修太郎が手をかざすと、アイアンはそのまま溶けるように消えた――

＊　＊　＊　＊

一連の事件から数十分後……。

修太郎達はエマロの町の喫茶店にいた。

エマロはアリストラスに比べれば極々小さな町である。特徴として広い牧草地と風車が目印

であり、農業や畜産が盛んな土地だ。

荷車を破壊され当然ながら任務は失敗。

そしてリヴィルを失ったこともあり、ボス部屋を抜けそのまま町へと入ったのだった。

しばらく沈黙を守っていた全員だったが、目を伏せながらキイチが口を開いた。

「まずは修太郎君、守ってくれてありがとう」

深々と頭を下げるキイチ。

残る二人も申し訳なさそうに俯いた。

「人の死に動揺して戦意喪失だなんて、やっぱり俺達に〝命のやりとり〟は無理だったんだなって強く実感したよ。曲がりなりにも最前線にいたのに不甲斐《ふがい》ない……」

そこからキイチは懺悔《ざんげ》するようにポツリポツリと語り出した。

キイチとヨシノは先の町から戻って来た組——その町とはサンドラス甲鉄城、つまりは最前線である。

彼等の組んでいたパーティの盾役が戦死した事による喪失感で、彼等のパーティは解散に追いやられ、激化する最前線の戦場に付いて行けなくなったというのもあり、それを機に戦線を離脱していた。

そしてアリストラスに戻り、死ぬことのないアイアンがいるこの第38部隊を見つけ、仮入隊したのが顛末《てんまつ》であった。

「しばらく悩んでたけど、私達は紋章で町防衛の仕事をすることにしたわ。恐らくもう、パーティ依頼は受けられそうにないから……」

憔悴《しょうすい》しきったヨシノが力なくそう言った。

修太郎は黙ってそれを聞いている。

今度は甲冑《かっちゅう》を脱いだ種子田が口を開いた。

両手で目を押さえ項垂《うなだ》れるように肘《ひじ》をついている。

「僕が……僕が強く言えなかったから……彼女の傲慢さに拍車をかけ、召喚獣へのケアもできなかった。僕さえしっかりしていれば……彼女の理解者になれれば……彼女が死ぬことはなかったんじゃないかと思うよ」

洟《はな》をすすりながらそう語る種子田。

彼もまた、パーティ依頼はこれっきりにしようと決意していた。

最前線や前線にいたプレイヤーには、様々な理由でアリストラスに戻ってくる者がいる。

仲間を求めて。

置いてきた親しい人と会うため。

恋人のために出稼ぎしていたプレイヤーもいる。

中でも親しい人の死によって戦意を喪失し、先に進むことを諦めるプレイヤーは少なくない。

わずかに残っていた希望や正義感も、暴力の前には無力だ。他の勇気ある者に希望を託し、武器を置いて引《ひ》き籠《こも》る者も多い。

「僕が責任を持って今回の件を報告しておくから。召喚獣が暴走して主を殺したことについても、この前例を広めるだけで次の悲劇を防げるはずだからね」

そう言って、立ち上がる種子田。

修太郎に視線を向け、頭を下げた。

「色々迷惑をかけたね、君は命の恩人だよ」

そう告げたのち、彼はゆっくりとした足取りで店内から去って行った。

種子田が去った後、キイチが思い出したかのように修太郎に提案する。

「俺達に何か恩返しさせてくれないだろうか。まあ、最前線に戻ってくれ～以外でお願いしたいけど」

そう言いながら額《ひたい》をかくキイチ。

ヨシノは彼の横腹を肘で突《つつ》きながら「修太郎君がそんな無茶な提案するわけないでしょうが」と怒りを露《あら》わにする。

「じゃあ、二人が知る最前線の情報がほしいです」

迷いなくそう答えた修太郎。

ヨシノは驚いた表情で修太郎を見つめ返した。

「もしかして、最前線に行くつもりなの？」

「はい。ゲームクリアが僕の目標なので！」

真っ直ぐな瞳でそう宣言する修太郎。

ヨシノの目に、一筋の涙が流れた。

「？　ヨシノさん？」

「あ、あれ、なんでだろ……ごめんね。なんだか、憧れた人にとても良く似ていたから」

そう言いながら、慌てて涙を拭《ふ》くヨシノ。

彼女はかつてこの世界がデスゲームと化したその日に、混乱する民衆達を希望で照らした青年を思い出していた。

「思えば俺達、ワタルさんから勇気を貰ってここまで頑張ってこられたんだよな」

「何言ってるのよ。これからも頑張るのよ、紋章ギルドの一員として」

しばらくやりとりした後、二人は修太郎に向き直り、最前線について知ることを語り出した。

「現在最前線が拠点としているのは、ここから七つ先にあるサンドラス甲鉄城だ。付近のｍｏｂ平均は30～40と見てるらしいけど、俺達はその辺で限界を感じてたよ。で、現在攻略してるのがさらに一つ先の〝シオラ大塔〟」

キイチは修太郎へ何枚かの開拓されたマップを送りながら、修太郎がちゃんと理解しているのを確認しつつ説明を続ける。

「シオラ大塔は鳥型ｍｏｂが主な敵だけど、鳥型ｍｏｂの特徴として、技術の高い盾役《タンク》がいなければ後衛にも攻撃が及ぶ厄介《やっかい》な速さと攻撃範囲を持ってる。ここで最前線組の盾役が数名戦死して、攻略が滞っていた事までは知ってるよ――まあ、俺達のパーティの盾役もそこで死んじゃったんだけどね」

そう言いながら、珈琲《コーヒー》を啜《すす》るキイチ。

彼から引き継ぐように、今度はヨシノが口を開く。

「シオラ大塔に入るには鍵が必要だった。多分ここから先、エリアスキップはできないようになってると思うわ」

「鍵っていうのは、どこで手に入れるんですか？」

修太郎はエルロードと共に、ソーン鉱山にある火の精霊の結界を破壊すべく、手前にあるセルー地下迷宮へ向かった時の事を思い出す。

セルー地下迷宮へ続く石のアーチには、鍵が掛けられていた。それと同じものが最前線であるシオラ大塔にも掛けられていたのだろうと、修太郎は推測していた。

そして、流石は元最前線組というべきか――ヨシノはその疑問の答えも持っていた。

「鍵を得るには、前のエリアのボスを倒した際に手に入る〝貴重品〟と銘打ったアイテムがトリガーとなる特定の依頼を受けて、完了後にその報酬として貰える場合が多いわ。たとえば畑を荒らす獣の退治に向かってみたら、シオラ大塔にいるｍｏｂのはぐれだった……みたいなオチから始まって、とんとん拍子に塔のｍｏｂ退治を頼まれ鍵を貰ったりね」

なるほど、と、修太郎は頷く。

キイチは「それと覚えておいてもらいたいことがもう一つ」と切り出した。

「現在攻略勢として最前線にいるのは三つのギルドで、ボス攻略で得た貴重品なんかはギルドの保管庫に共有されるからソロでやるよりギルドに入るのをオススメするよ」

「バカ。このご時世にソロで最前線に向かう奴《やつ》なんていないわよ」

「そ、そうだよな……」

二人のやりとりを微笑《ほほえ》ましく眺める修太郎。

二人はそれに気付いてハッとなり、誤魔化すようにキイチが声量を上げて話を続ける。

「ギルドは全部で三つ。まぁ、紋章が加わるから四つになるが……名前と特徴は覚えておいて損はないよ」

「あ、β時代にもあった大きなギルドですよね？」

「そうそう。〝aegis《イージス》〟〝黄昏《たそがれ》の冒険者〟〝八岐《ヤマタ》〟それと〝紋章〟。今後はこの四つが最前線を攻略していくと思う。どちらにせよ、最前線に合流するのなら紋章が月一回の定期便を予定してるらしいから、来月になったら一緒に行くといいよ」

修太郎も知ってる名前がずらりと並ぶ。

特にaegisと八岐は当時の紋章と同程度に有名なギルドであり、攻略サイトを読《よ》み耽《ふけ》っていた修太郎も聞き覚えのある名前だった。

「俺達がいたのは黄昏の冒険者。ここは危険な橋は渡らず堅実に進むギルドだったたし、民度も高いから居心地《いごこち》もよかったよ。ギルドに所属するなら、そのまま紋章で継続するか黄昏の冒険者がオススメかなぁ……俺達の名前を出せば良くしてくれるはずだよ」

そう言って、キイチは珈琲を飲み干した。

「俺達が知る情報はこんなもんかな」

「すごく参考になりました！」

満足そうに立ち上がるキイチ。

続いてヨシノも立ち上がる。

「俺達もそろそろ行くよ。またいつか、どこかで――」

キイチは初対面の時と同じように、修太郎に手を差し伸べる。修太郎がその手を強く握ると、キイチは嬉しそうに頷いた。

「修太郎君は召喚士になりたい気持ち、変わった？」

ヨシノの問いに、修太郎は悩まず答える。

「もちろん、変わりません」

「そっか。なら、くれぐれも気を付けてね。相手が仲間になるとはいえ、本を正せば〝mob《敵》〟なんだから」

ヨシノの忠告を、修太郎は黙って聞いていた。

そのままキイチとヨシノは最後に手を振ったのち、店内から消えたのだった。

＊　＊　＊　＊

ロス・マオラ城に戻ってきた修太郎達。

それに気付いた白い少女《バンビー》が駆け寄った。

「主様！　お怪《け》我《が》などございませんか!?」

「う、うん。僕は大丈夫だよ！」

ここは王の間、今いるのはバンピーのみ。

そう言いながら、修太郎は玉座で留守番をしていたプニ夫を抱きしめ深いため息を一つ。

（リヴィルさんは、本当に死んじゃったんだよね）

はじめて目の当たりにしたプレイヤーの死。

精神強化による恩恵で落ち込む程度に抑えられているが、修太郎にとっては大きな衝撃であった——それと同時に、修太郎の中にあった決意が揺るぎないものとなっていた。

修太郎の近くへと歩み寄るエルロード。

「主様。他の者との交流で何か収穫はありましたか？」

修太郎は頷く。

「うん。変装せず皆を連れて歩ける条件はわかったよ」

「流石は主様ですね。して、その方法とは——？」

修太郎はエルロードとバンピー、そしてプニ夫へと視線を移し、頭を悩ませる。

mob《魔王達》を召喚獣あるいは従魔であると主張するには、ネームタグとパーティの一覧に〝AcM〟という表記が必要であることは分かった。しかし、エルロード達の頭上には《boss mob》の表記があるだけで、AcMなんてものはどこにもない。

（やっぱり本当に召喚獣じゃなきゃ——）

そこまで考えた時に、修太郎は閃《ひらめ》く。

自分とエルロード達がしてなくて、リヴィルとアイアンがしていた事の違いに気付いたのだ。

「そうだ！　パーティシステム！」

修太郎が勢いよく玉座から立ち上がる。

二人の魔王は小首を傾げた。


〝これはAccompany《追随する》Mob《モンスター》の略称よ。つまりはあの人に追随したｍｏｂ——味方のモンスターですよっていう意味かな〟


ヨシノの言葉を思い出しながら、修太郎は魔王達に説明していく。

「僕たちはダンジョン生成《別の形》で仲間になったけど、他の人からしたら魔王達《皆》は敵なんだよ。でもパーティに入れば攻撃不可《システムブロック》で守られる！

つまり〝味方のモンスター〟になれるんだよ！」

修太郎はそう力説しながら、手始めに目の前の二人にパーティ申請を送った。

二人は見慣れない表示に困惑の表情を浮かべつつも、他でもない修太郎からの申請、迷わず〝承認〟を押す。

すると——

修太郎（L）　剣士　Lv.31

＋ＡｃＭ　エルロード
＋ＡｃＭ　バンピー

「できたあ！！！」

「おめでとうございます」

歓喜の声を上げる修太郎。

エルロードとバンピーが安心したように拍手する。

本来召喚士《サモナー》や従魔使い《ティマー》は、ｍｏｂとのカルマ値を交渉術や召喚術によってプラスに作用させ仲間《パーティ》に加える事ができる。

召喚獣や従魔となったｍｏｂは、主だけでなく全てのプレイヤーの味方であるためＡｃＭと表記されるが、エルロード達のように気分次第でプレイヤーもろとも殺せる存在は、プレイヤー全ての味方とはいえないため《boss mob》の表記のままであった。

表記が変わるトリガーは《ｍｏｂがパーティにいるかどうか》。

それをクリアした修太郎は、残る一つの条件をクリアさえすれば素顔を晒《さら》したまま魔王達を連れて歩けるようになる。

残る条件とは、転職《クラスチエンジ》――

「さっそく転職で召喚士に変えてくるね！　そしたら皆と町を歩けるよ！」

そう言って、無邪気に笑う修太郎。

二人の魔王は、自分達と一緒に歩くためひたむきに努力する主の姿に心を打たれていた。そして主の初めてのＡｃＭとなれた事に、えも言われぬ優越感を抱いていたのだった。

＊　＊　＊　＊

アリストラスの職業案内所前に、青と白のオーラを纏った少年が立っていた。

『じゃあ行ってくるね』

『いってらっしゃいませ』

念話を済まし、職業案内所へと消える修太郎。そして彼は剣士レベル３１を捨て、デスゲームの世界で召喚士レベル１となったのだった。

name：修太郎
job：召喚士
Lv.1
LP［120 / 120］（＋加護と装備）
MP［200 / 200］（＋加護と装備）
STR_5（＋加護と装備）
VIT_5（＋加護と装備）

AGI_5（＋加護と装備）
DEX_5（＋加護と装備）
MAG_8（＋加護と装備）
LUK_5（＋加護と装備）
固有：ダンジョン生成
剣術　Lv.100
体術　Lv.100
杖術《じょうじゅつ》　Lv.1
召喚術　Lv.1
交渉術　Lv.1
眷属《けんぞく》強化　Lv.1
魔石生成　Lv.1
火属性魔法　Lv.1
闇属性魔法　Lv.1
見切り　Lv.100
三連撃　Lv.100
三連波　Lv.100

Chapter05: 第5話

ロス・マオラ城へと戻った修太郎《しゅうたろう》。

六人の魔王が待つ王の間へと向かう。

召喚士《サモナー》への転職《クラスチェンジ》は無事完了。魔王全員を含めた職業概要の共有や〝何ができて今後どうしていくべきか〟などを決めることとなる。

「剣術と体術、攻撃スキル三つは引き継ぎができたんですね。これは嬉《うれ》しい誤算です」

「うん！　バートとの特訓が全部無駄にならなくて良かった！」

安堵《あんど》したように微笑《ほほえ》む金髪の騎士《バートランド》。修太郎も嬉しそうに答えた。

片手剣術のスキルが引き継ぎできたことにより、追随して攻撃スキルを三つ引き継いでいる。

これにより、修太郎は普通のレベル1のプレイヤーよりも破格の戦闘能力を有した状態となっていた。

今後について――この場を仕切るのは執事服《エルロード》。

「主様に他の人々から情報を仕入れていただきながら、四大精霊の祈りを破壊しヴォロデリアに近付く――というのが、今後の目標となりますね」

本に羽ペンを走らせながら言うエルロード。

「主様。その、召喚士というのはどんなものなんでしょうか。我々はどのような形でお力になれますか」

白い少女《バンピー》が恐る恐る尋ねる。

修太郎は受付NPCからの説明をそのままの形で魔王達に伝え始める。

召喚士は〝契約〟をした魔物を呼び出し使役する職業であり、装備できる武器は片手剣、盾、片手杖《かたてづえ》、大杖、魔本のいずれかである。基本的に召喚士自体の役割《ロール》は攻撃魔法職《キャスター》であり、ステータスの伸びもMAG《魔力》が一番である。

召喚士が召喚できる最大数は例外を除き5体までである。理由はパーティ最大人数が6であるから。

加えて、召喚士は最初から5体全てを使役できるわけではなく、レベルが上がるにつれ、職業が昇級《クラスアップ》するにつれ増えていく。

レベル1の現在、修太郎が呼び出せる召喚獣は〝1体〟である。

もちろん魔王達をはじめプニ夫《お》などもダンジョンに属しているためその制限に当てはまらないのだが、今回はプレイヤー達に溶け込むのが目的であるため下手に数が増やせない——という問題があった。

「つまり我々の中でも当面付いて行けるのは一人だけ、という事になりますね」

エルロードがそう言って考え込む。

巨人《ガラス》は不敵な笑みを浮かべ、口を開いた。

「恐れながら主様。以前外界に同行したバンピーとセオドールと今回同行したエルロードは召喚獣として扱うのは危険かと考えます」

「なぜ?」

その言葉に強く反応するバンピー。

白く禍々《まがまが》しい光が体を包みはじめたことで、場が一気にピリつく――

しかしガラスは余裕の表情を崩さない。

「ほう、考えもしなかったようだな。主様が黒の鎧《よろい》を纏《まと》った際に一緒にいたということは、他の者に見られた可能性があるということ。ならば主様が素顔のまま行動する場合、それを見ていた者が吹聴《ふいちょう》するやもしれん。同行させるわけにはいかんだろう」

勝ち誇ったように語るガラス。

バンピーは唇《くちびる》を噛《か》みながら「家臣の入れ知恵ね」と心の中で悪態をついた。

それを聞いたバートランドが軽薄そうに笑う。

「といっても、旦那《ガラス》の巨体じゃ建物内までは主様をお守りできないけどなァ」

「…………」

無言で睨《にら》みを利かせるガラス。

黙っていた黒髪の騎士《セオドール》が短く云《い》う。

「それについてだが、私は〝人化〟を解けば同行も問題ないだろう」

「人化？」

修太郎が興味深そうに聞き返す。

セオドールは目を伏せたまま、頷《うなず》いた。

「見てもらうのが早い」

と、立ち上がるセオドールの体が光に包まれ、その場に巨大な黒竜が羽ばたいた。

圧倒的な威圧感、存在感。

びりびりと空気が震える。

セオドールは竜族の王——

知能の高い魔物は人の形を取るスキルを持つ。それはもちろん、セオドールも例外ではない。

巨竜が降り立つ。

見る者全てに恐怖と敗北感を与える圧倒的な強者のプレッシャー。

しかしそれは、彼の体が小さくなるにつれ徐々《じょじょ》に収まってゆき、およそ20センチ程の未熟な竜の形となると、そこには愛くるしさのみが残された。

ぱたぱたと宙に浮くチビ黒竜。

「すっげええ!!　セオドールって竜だったんだ！　それに大きさも変えられるんだね！」

「形状変化とは違い、人型か巨竜か本来の姿《チビ竜》にしか成れないが、人型にならないのなら同行も可能だろう？」

金の瞳でガラスを見る黒竜。

体の大きさを変えるスキルの類《たぐい》を持たないガララスは、今まで感じなかった不便さを己の巨《きょ》軀《く》に感じたのだった。

一連の話を聞いていた修太郎は落ち込んだように呟《つぶや》く。

「皆を連れて歩けると思ってたのに、僕がそこまで考えてなかったせいだ……」

「何をおっしゃいますか。むしろプレイヤー達《他の方々》に紛《まぎ》れる目的なら好都合だと考えます」

エルロードはフォローを入れつつ、その根拠を説明していく。

「主様が交流なさっていた時間、上空から召喚士や従魔使い《ティマー》に該当するプレイヤーを散見した限り、その殆《ほとん》どが〝獣型魔物《けものがた》〟を使役していました。人型の魔物は使役が難しい可能性があるといえるでしょう。我々は周囲に溶け込むのが目的であるため、その点も考慮すべきかと考えます」

エルロードの分析は概《おおむ》ね当たっていた。

まず召喚士がｍｏｂを呼び出す方法として、通常の召喚とランダム召喚の二種類が存在する。

通常の召喚は、呼び出したいｍｏｂの種類に沿ったアイテムが媒体として必要となる。

たとえば鳥型のｍｏｂを呼び出したい場合、羽根や嘴《くちばし》といったアイテムが必要となる。呼び出される種類は多岐《たき》にわたるのだが、例外なくその媒体に沿った種類が召喚されるのだ。

アリストラス周辺にいる多くの召喚士や従魔使いが獣型を連れている理由として、デスゲーム化に伴《ともな》い迅速《じんそく》な戦力増強が必要となったため、最もレベルの低いｍｏｂであるデミ・ラット（レベル1～3）か、森林内に生息するデミ・ウルフ（レベル2～5）から媒体を得て召喚・

使役したプレイヤーが多い――という背景がある。

対して人型ｍｏｂは発見例が少ない。故《ゆえ》にその媒体を入手しにくいのである。

ゴブリンは知能の低さから獣に区分されるため、人型ｍｏｂとしての媒体にはならない。つまり、序盤で人型ｍｏｂを使役するには実質ランダム召喚しか方法がなかった。

ランダム召喚は〝魔法石〟というアイテムを媒体に数多《あまた》ある種類のｍｏｂから文字通りランダムに選出された個体が排出される。

しかしどちらも、希少度《レアリティ》の高いものが出る確率は低い。人型のｍｏｂの出現率は極めて低く、それだけレアリティが高いのだと推測されている。

それは、戦闘連携が取りやすいという点以外に大きな利点が存在するからである。

その理由として、２０歳以上のプレイヤーならば結婚システムや性《セクシャルパートナー》の相手としても選ぶことができる――という、隠し要素があるためである。

各町に存在する〝娼館《しょうかん》〟の存在で、その可能性に気付く者もいるだろう。

それは従魔使いにも同じ事が言えるのだが、こちらは職業スキルである〝交渉術〟による時間を掛けた説得や金品を貢《みつ》いだり捕縛などで条件をパスできる場合もあるため、人型ｍｏｂを仲間にするために、多数の召喚士が従魔使いに転職するという混沌《こんとん》とした時期もあった。

しかし人型ｍｏｂは軒並《のきな》み知能が高いため、邪《よこしま》な目的のプレイヤーからのアプローチには靡《なび》かない。

結局の所、テイミングの成功例は極めて少なく、人型ｍｏｂを使役するプレイヤーはごく僅《わず》かとなっていた——

「分担ができて分かりやすくなったではありませんか。私とバンピー《第二位》、そしてガラス《第三位》とバートランド《第六位》は主様が〝黒の鎧を纏った時〟に護衛を担当する。そしてシルヴィア《第四位》とセオドール《第五位》とアビス・スライムで当面の護衛を行うのが適当かと愚考いたします」

言うなれば、人型と獣型に分かれるという意味ですね——と、エルロードは付け加えた。

修太郎はシルヴィアを眺めた後、チビ黒竜となったセオドールを見て「シルヴィアもあんな風になれるんだ」などと考えていた。

「なら、最初は誰にしよう……」

選べるのはプニ夫、シルヴィア、セオドール。

そう言いながら、修太郎が周囲を見渡すと

「恐れながら主様——！」

一人の魔王が立ち上がった。

＊　＊　＊　＊

日々の業務をこなしながら、紋章《もんしょう》ギルド受付嬢のルミアは、とあるプレイヤーの事を考えていた。

（修太郎君、結局あの後来なかったなぁ）

思い詰めた様子で依頼失敗の報告に来た兵士《種子田》から告げられたのは、第38部隊のリヴィルが亡くなったという知らせ――悲惨なその事故の詳細は瞬《また》く間《ま》にギルドに広がった。

良くも悪くもリヴィルは有名だった。

珍しい人型召喚獣の盾役《タンク》を使役する彼女は、素行に問題を抱えていたがレベルは高く、紋章にとって貴重な人材であった。

死因は召喚獣の暴走――

他のギルドメンバー達の召喚獣への態度も見直さねばならない。

ルミアは最前線に向かうメンバー全員にメールを送りながら、大きくため息を吐《つ》いた。

(当然ながら第38部隊は解散。種子田《たねだ》さんはゲームクリアまで宿に籠《こも》るって言っていたし、Iターンの二人も都市内の巡回と安全な任務に切り替えて実質引退……)

これまでクリアを目指してひたむきに頑張っているプレイヤー達の苦労を知るだけに、ドロップアウトした彼等を責めることはできなかった。

あのあどけない少年はどうしているだろうか――と、受付で頬杖《ほおづえ》をつくルミア。

凄惨《せいさん》な現場を目の当たりにして、種子田以上の精神的ダメージを負っているとも限らない――ルミアは修太郎に向け、本日5通目となるご機嫌窺《うかが》いメールを送るかどうか、指先で机を叩《たた》きながら考えていた。

「あの」

「わっ!」

「えっ⁉」

突然かけられた声に驚くルミア。

少年も驚いた後、胸に手を当てた。

変わらぬ姿で立つ少年を見て、感極まったルミアは受付から乗り出して抱きしめた。

「修太郎君‼　大丈夫だった⁉　ごめん、ごめんね……怖い思いさせちゃったね」

ただでさえ不安要素のあった第38部隊に派遣した後ろめたさもあったからか――ルミアは安心すると同時に、その罪悪感から涙を流して懺悔《ざんげ》した。

修太郎は頭をぽんぽんと撫《な》でながら、彼女が泣《な》き止《や》むのを静かに待っていた。

そして数分後――

「ごべんね……」

「落ち着きました？」

業務的な敬語も忘れるルミア。

顔をぐしゃぐしゃにしながら椅子《いす》へと腰掛けるルミアに、修太郎は笑顔でそう尋ねた。

「修太郎君、あんな事があったのにすごく落ち着いてるんだね。無理してない？」

「すごーく苦しくなりましたが、リヴィルさんのためにも進まなきゃって思ったので！」

あまりにも年不相応な信念を見たルミアは、胸の内で「あぁ……この子は太陽だ」と、心酔する想《おも》いで彼を見つめる。

「頑張りすぎなくていいのよ。休みたいときは休んでいいし、それを誰も咎《とが》めないわ」

「僕は大丈夫です！　はやく最前線に合流したいですし」

ルミアは様々なプレイヤーを見てきたが、修太郎のように意志の強い瞳をした者は根本的に何かが違うのを知っている――

その瞳をしたプレイヤーは、そのほとんどが最前線へと旅立った。彼等は現状に悲観するでもなく、ただ前向きにゲームクリアを目指している。

修太郎にも同じ意志が感じられた。

ルミアは涙を拭《ふ》き、笑顔を作る。

「なら私も全力でサポートするね！」

「よろしくお願いします！」

「それじゃあ改めて。今日は依頼かな？」

「はい！　なるべく経験値がもらえるもので！」

元気よく答える修太郎。

ルミアはプレイヤー情報に目を落とし――修太郎の職業が召喚士になっており、レベルが1へとリセットされている事に気付いた。

「し、修太郎君!?　召喚士になっちゃったの!?　だって、あれ、31だったのに、どうして？」

召喚獣によって怖い思いをしたばかりとは思えない。

目を白黒させ途切れ途切れに言うルミア。

修太郎はあっけらかんとそれに答える。

「召喚士になりたかったので！　それに、レベルはまた上げなおせばいいんです」

その上げなおしが命懸けで大変なのでは――と考えながら、ルミアは戦闘指南役《キャンディー》の言葉を思い出す。

〝でもあの子、普通じゃないもの。常識に囚《とら》われたらいけない気がする〟

現在のレベルや安全や稼ぎを死守するのが一般的なプレイヤーの思考。しかし修太郎のように〝本気で攻略を志す〟プレイヤーの思考はまた別である。

「……そっかそっか。なら最前線に合流できる最低ラインの〝レベル30〟を目指さなきゃだね！」

「はい！　美味《おい》しい依頼、よろしくお願いします！」

修太郎の言葉に、ルミアも嬉しそうに頷いた。

延々と並ぶ依頼を流し見ながら、ルミアは修太郎に合った依頼を探す。

「レベル1だと、いくら修太郎君が強いとはいえ都市外に出すわけにはいかないわ……だから都市内の依頼で経験値が多いものを探すね」

「お願いします！」

大人しく待つ修太郎。

ルミアは画面をスクロールさせていきながら、一つの依頼を修太郎の前へ掲示させた。

依頼内容：蜘蛛《くも》の糸が欲しい
依頼主名：ケイトリン・ミュラー
有効期間：48：00：00
依頼詳細：強靭《きょうじん》で軽い防具を作るためイリアナ・スパイダーの糸がたくさん必要だ。状態が良いものには割り増しで報酬を用意するよ
必要材料：蜘蛛の糸（0／5）
報酬内容：450G／550exp

その内容を不思議そうに眺める修太郎。

ルミアは優しい表情で丁寧《ていねい》に教えていく。

「これはね〝納品依頼〟っていうものなの。依頼内容的には外に出て素材を集めるタイプなんだけど、これは手持ちに素材があれば依頼完了扱いになるわ」

「なるほど。でも僕、イリアナ・スパイダーの糸は2つしか持ってないです」

「ふふふ。これは例えばの依頼だから気にしないでね。修太郎君が持ってる素材によって、依頼を逆に検索掛けるのもできるの。あとはあそこの――」

そう言いながら、ルミアはある場所に視線を移す。修太郎も視線を移すと、そこには〝素材屋〟と書かれた店があった。

「もし素材が無くても、お金と交換で素材を手に入れる事はできるわ。平原の適正である〝レ

ベル5〟までの素材は無償で渡してるから、手持ちの素材が無ければまずそっちを利用してみる？」
優しく問うルミアに、修太郎は一度仮想空間《インベントリ》を開いて中を確認する。

デミ・ラットの尻尾《しっぽ》×1
イリアナ・スパイダーの毒牙《どくが》×2
蜘蛛の糸×2
ゴブリンの耳×74
ゴブリンの腰布×59
ゴブリンの棍棒《こんぼう》×27
ゴブリンの短剣×20
盗賊・ゴブリンの頭巾《ずきん》×5
盗賊・ゴブリンの短剣×2
ゴブリン・リーダーの牙《きば》×1
ゴブリン・リーダーの剣×1
ゴブリン・ソルジャーの耳×8
ゴブリン・ソルジャーの剣×3
ゴブリン・ソルジャーの鎧×5

ゴブリン・メイジの耳×12
ゴブリン・メイジの杖×4
ゴブリン・メイジのローブ×6
キング・ゴブリンの大牙×2
キング・ゴブリンの宝石×1
キング・ゴブリンの大槌《おおつち》×1

「ゴブリンの素材なら沢山あります！」

それを聞いたルミアは、ゴブリン素材の納品依頼を検索にかける。

「ゴブリンなら蜘蛛の糸よりも経験値が貰《もら》えるわ。因《ちな》みに上位種のゴブリン素材もあるの？」

「ええと盗賊とリーダー……それとソルジャーとメイジの素材もあります！」

修太郎は混乱を防止するため、キングの素材は出さないように心に留めながらそう答える。

ルミアは申し訳なさそうに頷く。

「ごめんね、盗賊とリーダーのは依頼があるけど、上位種の依頼はアリストラスに入ってこないの。それを経験値に変えるならカロア城下町でできる筈《はず》だから、売らずに取っておくといいかもね」

頷く修太郎を見て、ルミアは続ける。

「うちで納品できるのは〝デミ・ラット〟〝デミ・ウルフ〟〝イリアナ・バット〟〝イリアナ・

スパイダー〟〝ゴブリン〟〝盗賊・ゴブリン〟〝ゴブリン・リーダー〟のみだから覚えておいてね。とりあえず、この依頼を送るから納品できる数だけ全部納品しちゃってね！」

（β時代はゴブリンをメインに狩ってたのかな？　ならこの子の装備は運試《盗賊・ゴブリン狩り》しで手に入れたものって説は的外れじゃないかも……）

　そう思考を巡らせつつ、ルミアは依頼を修太郎に送った。

依頼内容：いけすかねえアイツを倒せ！
依頼主名：ドール・マル
有効期間：４８：００：００
依頼詳細：うちの農場を荒らすゴブリン共を倒せるだけ倒してくれ。素材は全部買い取る！
なんでそんなに必要かって？　農場の周りに見せしめとしてぶら下げてやるからだぜ！
必要材料：ゴブリンの耳（０／３）
いずれか：ゴブリンの腰布（０／２）
　　　　：ゴブリンの武器（０／１）
報酬内容：２００Ｇ／５００ｅｘｐ

依頼内容：ぜってー許さねえかんな！
依頼主名：ドール・マル

有効期間：48：00：00
依頼詳細：出荷の途中で盗賊・ゴブリンの奴《やつ》らに商品を全部盗まれた！　俺は決めたぜ、あいつらの頭巾を被って巣の中に紛れ込んで奪い返してやる！
必要材料：盗賊・ゴブリンの頭巾（0／2）
報酬内容：1000G／1200exp

依頼内容：俺は気付いちまった……！
依頼主名：ドール・マル
有効期間：48：00：00
依頼詳細：全ての原因はゴブリン共の親玉であるリーダーが悪いんだよ。こいつさえいなくなれば、俺の野菜は高く売れてた筈なんだ！　あいつを倒せば俺の悩みは解消だ！
必要材料：ゴブリン・リーダーの牙（0／1）
いずれか：ゴブリン・リーダーの短剣（0／1）
報酬内容：3000G／3500exp

手持ちの素材が無くなるまで依頼書を送付していく修太郎。その体が何重にも光を放ち、それが収まる頃にはレベルが一気に10まで上がっていた。

修太郎がステータスの確認を終えると同時に、ルミアが声をかけてくる。

「かなり上がりましたね！　後は素材屋で買って上げれば、所持金と相談ですが１２くらいまでは無理なく上がると思いますが……」

通常通り、改めて敬語で対応するルミア。

修太郎の所持金はそこそこ肥《こ》えているため素材屋利用もやぶさかではなかった。キング・ゴブリンを討伐した時に得たものと、ＰＫ達の所持金で得たものが大きい。

しかし、素材といっても最大でもゴブリン・リーダー程度の素材ならば苦労しないし、無駄に金を使うより堅実に依頼をこなしたほうが得策だと修太郎は考えた。

「いえ、ここからは普通に依頼を受けて上げていこうと思います！」

「かしこまりました。それでは現在のレベルに沿った依頼をいくつか並べていきますね！」

ルミアが依頼を探している間、修太郎は再び自分のプレイヤー情報を確認した。

(召喚枠は増えてないか……やっぱり増えるのはレベル２０からみたいだ)

召喚士の召喚枠が増えるのはレベル２０・４０といった２０刻み。その後は６０・８０・１００と続くのでは——と、考察されている。未《いま》だに６０に到達したプレイヤーはいないためあくまでも推測である。

召喚獣を多く召喚する上でのメリットは、召喚士単体で三人力、四人力の力を得ることができる点。しかしその分、プレイヤーとは違って単純な行動を取るＡＩであるため戦闘能力は高くない。

デスゲーム後、積極的に召喚獣を増やして〝死んでも大丈夫な戦力〟を揃《そろ》える召喚士と、呼び出すのは1体だけにして〝育成効率重視〟の召喚士とで二分されている。

特にリヴィルの召喚獣《アイアン》のように特殊な個体や需要のある個体を手に入れた召喚士は後者に収まる場合が多い。

現在修太郎が呼び出せるのは一枠のみ。

ルミアは何かを思い出したように、マニュアル通りに案内をかける。

「あ、そうそう……修太郎君はもう召喚獣は呼びましたか？　もしまだなら、森林に出るデミ・ウルフの素材を用いた召喚がオススメです！」

依頼をピックアップしていきながら言うルミア。

修太郎は首を傾《かし》げた。

「デミ・ウルフ？　どうしてですか？」

「獣型――特に犬型ｍｏｂは能力が優秀なんです。もちろん皆好きな召喚獣を呼んでいますが、索敵《さくてき》に機動力に攻撃力……どれを取っても高水準。迷ったらこのデミ・ウルフの素材を媒体にすることをオススメしています！」

獣型は索敵能力や機動力が高いため、生存率を高める目的でプレイヤー側からも推奨されている。事実、索敵が容易となり不意打ちにも対応できるようになったため、召喚士達の生存率も格段に上がっていた。

紋章ギルドは召喚士達の生存率を少しでも上げるため獣型を推奨しており、これはエルロードが空から得た情報とも合致している。

「低レベルの媒体を使ったとしても、呼び出されるのが下位の獣型とは限りません。運が良ければ稀《まれ》に上位種も呼び出されたりしますからね。私が知る中での最大個体は、主がレベル10だったのに対し、レベル37の個体が出ました」

彼も最前線に行っちゃったなぁ——と、懐かしむように呟くルミア。

(誤魔化《ごまか》すためにはいいかもしれない……)

修太郎は自分達の都合と条件がマッチしている事に気付き、大きく頷いた。

「わかりました！　最初の召喚獣はデミ・ウルフの素材を使おうと思います！」

「かしこまりました。素材屋でも購入できますが、いかがいたしましょうか？」

「依頼でそういうのありますか？」

修太郎の言葉に、ルミアは笑顔で「はい、ございますよ」と答え、選出した依頼を控えに入れつつ、新しい依頼を引っ張ってくる。

「では、最初の依頼は森林のデミ・ウルフ討伐にしておきましょう。修太郎君の戦闘能力は指南役からお墨付きを貰ってますが、フィールド外の依頼ですので、万が一を考えパーティで向かっていただきます。よろしいですか？」

「はい！　よろしくお願いします！」

検索をかけようとして、ルミアの手が止まる。

「今回も条件付きで探しましょうか？　人柄などもなるべくご期待に添えるように選びますが……」

「なんでも大丈夫です！」

無邪気にそう答える修太郎。

ルミアは「そうですか」と頷くと、早速待機中のパーティを検索にかける。

（レベル5くらいが適正だから適正の二倍以上あれば盾役も要《い》らない……召喚まで想定すると二枠空いてるパーティね……）

ルミアは傲慢な態度のリヴィルを踏まえて、素行にも問題がなさそうな評判の良いパーティに絞る──と、ちょうどいい条件のパーティが見つかった。

（盾役が抜けたばかりだけど連携も高水準の部隊《チーム》。年の近そうな子もいるし友達を増やせるかもしれない。保護者枠も二人いるから安心ね……）

バーバラ（L）　聖職者　Lv.18
ショウキチ　剣士　Lv.19
ケットル　魔道士　Lv.18
キョウコ　弓使い　Lv.18

依頼を受けた修太郎が合流場所に着くと、そこには防具を囲んで揉《も》めている四人の男女の姿があった。

「もういいわ！　私が盾役やる！」

「えええ！　回復役《ヒーラー》はどうするんですかぁ！」

「それも私がやるわっ！　あんなエロじじいに任せるくらいなら一人でやるっ！」

「バーバラねえちゃんが荒れてる……」

「私ローブ見てきてもいい？」

まるで統率の取れていない集団がそこにいた。

全員が揃っているのを見て、反射的に修太郎は嫌なことを思い出す。

（前回は怒鳴られちゃったな……）

リヴィルに怒鳴られたのが少しトラウマになっていた修太郎は、恐る恐る声を掛けた。

「あの、こんにちは」

「あっ！　召喚士の子きたよ！」

修太郎に気が付いた短い髪の女性が嬉しそうに皆へ声を掛けると、鎧を見ていた面々は振り返り、笑顔を咲かせた。

「お、君何歳《いくつ》!?　俺13歳！　名前はショウキチ！　双剣士目指してるレベル19！」

一気に自己紹介したのは活発そうな少年《ショウキチ》。

年の近そうな修太郎を見るや否《いな》や、嬉しそうに近寄ってくる。

「僕は修太郎、13歳！　召喚士になったばかりのレベル10！」

「同い年じゃん！　〝友達〟になろうぜ」

よろしくなと肩を組んでくるショウキチ。

「友達……」

噛《か》み締《し》めるように復唱する修太郎。

我慢してきた感情が、その一言で一気に崩れた。

「え、え、どうしたの？」

困ったように修太郎を見る眼鏡《ケ》の少《ット》女《ル》。

必死に耐えているが、修太郎は泣いていた。

口を強く結びながらも肩を上下に震わせ、短く「ひっ、ひっ」と嗚咽《おえつ》している。

突然閉じ込められたデスゲーム。

奇跡的に助かるも周りは魔物ばかり。

唯一の癒《いや》しであるプニ夫もこの場にいない。

頼られた。

罵《ののし》られた。

大人の醜《みにく》い部分を見せられた。

大人の弱い部分を見せられた。

そして目の前で起きた人の死——

修太郎の心はとっくに限界を迎えていたのだ。

魔王達の前で弱音を吐かなかったのは、主とその配下という絶対的な距離感があったから。

今まで会ってきたプレイヤー達も、修太郎を「レベルの高い屈強《くっきょう》なプレイヤー」として接している。

心のどこかに常にあった〝孤独感〟。

求めていたのは〝友達〟だった。

でもそれは今まで叶《かな》わなかった。

修太郎は13歳。

まだまだ未成熟で孤独な子供である。

年が同じであるショウキチから掛けられた思い掛けない言葉によって、ずっと押し殺してきた感情が一気に解き放たれたのだった。

「え、俺……」

突然泣き出す修太郎に困惑の表情を向けるショウキチ。

同じくケットルもまた、男の子の涙を前に狼狽《うろた》えている。

「おいで」

聖職者《バーバラ》は修太郎を優しく抱いた。

その胸の中で、修太郎はさらに声を大きくして泣き続ける。

「うああああ!!」

この部隊《チーム》結成当時には、夜になるとショウキチやケットルもよく泣いていた。その度にバーバラやキョウコ、そして盾役《誠》が寄り添った。

レベルの低い召喚士だが、少し前まで剣士レベル31の強者で戦闘能力も高く自立した子である――そう聞いていただけに、少し身構えていたバーバラは、折れてしまった修太郎を見てどこか安心していた。

「大丈夫。大丈夫だよ」

優しく背中をさするバーバラ。

パーティは修太郎が泣き止むのを見守った。

『…………』

主の影の中、何かを想う魔王が一人。

修太郎の泣き声を、ただ黙って聞いていた。

＊　＊　＊　＊

一行はレストランへと来ていた。

紋章ギルド内にあるレストランで、完全にNPCだけで経営されており、現実世界にあるものなら一通り頼む事ができる。

「久しぶりに食べた気がする……！」

オムライスを頬張る修太郎。

満腹感は無いが、満足感はある。

懐かしの味に、心が落ち着いてゆく。

「食事は不要になったからって、怠《おこた》ったらだめよ？　食べるって行為だけでも、かなりストレス軽減になるんだからさ」

そう言いながら、向かい側に座るバーバラは、優しい表情《かお》で頬杖をつく。

「お、おい、パフェも食うか？」

「食べる！」

明らかに気を使っている様子のショウキチは、自分の前にあったチョコレートのパフェを修太郎の前へと差し出した。

「あのショウキチがデザート譲るなんて」

「なんだよ！　いいだろ別に！」

冷やかすように笑うケットル。

ショウキチはそれに顔を真《ま》っ赤《か》にして反論する。

修太郎が一頻《ひとしき》り泣いて落ち着いた後、自己紹介を済ませてレストランへと向かった第21部隊。修太郎も徐々に元気を取り戻し、すっかり元通りとなっていた。

「そういえば、このパーティには盾役が居ないんだね！」

修太郎の何気ない一言で、今度は他の面々が表情を暗くする番となる。

それに代表して、キョウコが回答した。

「うん。ちょっと前までいたんだけどね、最前線に向かうために脱退したんだ」

「へえー！　最前線！」

その時に涙の別れがあったのだが、そんな事とは知らない修太郎である。グラスのストローをくるくる回しながらバーバラが続ける。

「それで『俺が盾役になってやる』なんて言ってきた別の人達と組んで何度か依頼受けてみたんだけどね……これがまた傲慢で傲慢で」

余談だが、第21部隊は非常に人気が高い。

特にバーバラとキョウコ《二人の美女》に釣られ、希少であるはずの盾役が大勢加入申請を送ってきている。とはいえ、フリー《彼等》の盾役は総じて傲慢である。

自分達の希少さをよく知っているため高圧的に振る舞ったり、ろくに攻撃に参加せず指示も飛ばさなかったりと、最低限の仕事もままならない者ばかり。

その上、第21部隊《彼女達》の中には優秀な《誠》盾役の幻影があるのだ——

「修太郎君は召喚獣の呼び出しのために森林に向かうって聞いてるけど、やっぱり獣型にするんだね！」

重くなった空気を察し、話題を変えるべくキョウコがそう尋ねる。

「うん！　デミ・ウルフの素材を使って召喚すると強い召喚獣が貰えるって聞いて」

それに食い付いたのはショウキチ。

目を輝かせて立ち上がる。

「へぇー！　じゃあ俺達召喚に立ち会えるんだな！　あのさ、あのさ！　でっかいの召喚できたら乗せてくれよ！」

「もちろん！」

五人は食事を交えて交流を深めながら、軽い足取りで森林へと向かうのだった。

依頼内容はデミ・ウルフ10頭の討伐。

なぜ10頭かといえば、場合によってデミ・ウルフが落とす最高ランクの戦利品《ドロップアイテム》〝デミ・ウルフの牙〟が、数匹倒した程度では落ちない可能性があったからである。

大都市アリストラス周辺ｍｏｂ図鑑から引用すると、肉食系ｍｏｂデミ・ウルフは集団で狩りをするのが特徴的で、灰色の個体と黒の個体がいる。灰色が雌《めす》で、黒色が雄《おす》。夜間に灰色の彼女等にばかり気を取られていると、背後から迫る黒色の個体に気が付かない。彼等は優れた森の狩人《かりうど》である。

森林を進む第21部隊。

先頭を歩くのは遠目が利く弓使い《キョウコ》。

その後ろに魔道士《ケツトル》と聖職者《バーバラ》が続き、最後尾に剣士と修太郎《ショウキチ》が進んでいる。

「修太郎、お前も剣使うんだな！」

「うん。だって僕、前は剣士だったし」

「え？　そうなの？」

「うん。剣士レベル31だよ！」

「まじで⁇　やばくね？」

腰の剣柄に手を置きながら進む二人。

前を行くケットルが「本当、何も聞いてなかったのね」と、ショウキチに対して悪態をついた。

「前方11時、2時！」

キョウコの言葉に素早く反応する面々。

先ほどまでお気楽に振る舞っていたショウキチやケットルまでもが、適正をはるかに下回る森林の中で警戒を最大まで高めた。

（前回のパーティとは何か違う……）

修太郎も剣を抜き、戦闘に備える。

キョウコが言った通りの場所、草むらをかき分けるようにして2頭のデミ・ウルフが現れた。

見た目は少し大きい犬のよう。

しかし剝《む》き出《だ》しの牙は鋭く尖《とが》り、口元はなにかの血に塗《まみ》れて赤く染まっているのが見える。

「ケットル。どうするんだっけ？」

「うん！　《炎の矢》」

敵を見据《みす》えながら言うバーバラの言葉に素早く反応するケットル。既《すで》に魔法を展開しており、燃え盛る二本の矢がゴウッと音を立てて飛んでいく。

2頭の悲痛な叫び声が響く――

ほどなくして森林に静寂が落ちた。

「はい、よく出来ました」

「ううん。1体はギリギリ足に当たってくれたけど、跳ばれてたら避けられてた」

「そこまで分かってるなら私達から言うことはないわ。後は訓練所での反復練習と熟練度上げをサボらなければ言うことなしなのになー」

目を泳がせるケットルを横目で見ながら、バーバラはしばらく周囲に注意を向けた後、安全と判断して杖を下ろした。

「今は盾役がいないから遠距離組が見つけてすぐ殺しちゃうけど、普段は俺が倒す役目《あっち側》だからな！」

得意げに語るショウキチ。

修太郎の目には、このパーティの洗練された動きがしっかり映っている。

適正を下回っていたからと無警戒に進んでいた前のパーティに比べ、こっちは隙がほとんどない。

事実、第21部隊は良い盾役にさえ巡り合えば、最前線でも通用する連携を取れていた。

目を丸くする修太郎に、バーバラが話しかける。

「様《サマ》になってるでしょ？　それもこれも、前にいた盾役が全部仕込んでくれてたんだ。この子達も、彼がいなくなってから真面目《まじめ》に取り組んでくれるようになってね」

「なんだよ！　俺はいつだって真面目だったぞ！」

「さあ、どうだったかしらね」

そのやり取りを見て、キョウコとケットルはクスクス笑ったのだった。

＊　＊　＊　＊

10頭目のデミ・ウルフが粒子となって消え去ると、全員の前に依頼達成のポップが現れた。

「どう？　牙は手に入った？」

「2本もゲット！　素材は一つでいいみたいだから、これで召喚獣呼べるよ！」

「まじまじ？　早く呼ぼうぜ！」

無事に牙も手に入り、待てないショウキチを見かねた一同は、この場に簡易的な安全地帯を作って召喚を行うことに決めた。

（これが〝祈り〟……）

木陰に正座するようにして両手を前に合わせるバーバラ。彼女の周囲には薄緑色の六角形の膜ができており、全員が入ってもかなり余裕があるようだった。

人一人の祈りでこの程度の範囲。

四大精霊の祈りがいかに広範囲なのかが窺える。

（召喚の時は下から出てくるように、だったよね）

修太郎はデミ・ウルフの牙を握り締めながら、紫髪の召喚士《リヴィル》がやっていたようなやり方を真《ま》似《ね》し、召喚を行う。

影が波打つ——

修太郎は宣言する。

「おいで、僕の召喚獣」

影からヌウッと現れた銀色の小狼。

第21部隊から見たその姿は、毛艶《けづや》から気品が溢《あふ》れ、体軀《たいく》こそ20センチに満たないが、倒してきたどのウルフよりも気高く雄々しく見えた。

『どうですか⁉』

尻尾を忙しく振りながら、銀色の小狼《シルヴィア》は嬉しそうに修太郎を見上げる。

『成功かな？』

演出としては召喚のエフェクトにかなり近い。

そしてパーティの一覧から見ても問題はなかった。

バーバラ（L）　聖職者　Lv.18
ショウキチ　剣士　Lv.19
ケットル　魔道士　Lv.16
キョウコ　弓使い　Lv.16
修太郎　召喚士　Lv.10
＋AcM　シルヴィア

〝どうぞ私を最初の召喚獣としてお傍《そば》において下さい。私は索敵、機動力、殲滅力《せんめつりょく》全てにおいてご期待に添えると思います〟

他の魔王達を押し除け最初の召喚獣の座を獲得したシルヴィアは、初めて見る外界に『色んな匂いが……はっ！　こんな所にあんな物が！』などと興奮している。

魔王の中でも姿を変えられるのはセオドールとシルヴィアの二人だけ。

一度外界について行ったセオドールが譲った事でプニ夫とどっちが先がいいかという議論となり、レベルもMAXであり、どんな事態にも対応できると宣言したシルヴィアが最初の召喚獣として選ばれたのだった。

(プニ夫を抱けないのは寂しいけど、皆最初に選ぶのは獣型だって言われてたし、シルヴィアも喜んでるからいいよね)

足元で嬉しそうに跳《は》ねるシルヴィアを見ながら、修太郎は満足そうに微笑んだ。

「か、か、かわいい――！」

「え、なんでなにこれ可愛《かわい》い!!」

「子犬？　子犬ちゃん？」

たまらずシルヴィアに群がる女性陣。

子犬と言われればそう見える風貌。

『主様……』

『ごめんね、我慢してね』

半ば諦めるように答える修太郎。

それから数分間、女性陣はシルヴィアを撫で回して堪能《たんのう》するのだった。

森林からの帰り道——

行きと同じく警戒は怠《おこた》らぬまま、しかし一同は新しく仲間となった可愛らしい召喚獣に興味津々の様子である。

「やーんかわいいです！　殺伐とした世界にこんな癒し！」

チラチラと後ろを振り返りながら、キョウコが恍惚《こうこつ》の表情を浮かべる。

特に女性陣からの視線に晒《さら》されながら、修太郎に抱かれる形で第四位魔王《シルヴィア》は不服そうにぶら下がっている。

『注目の的だね』

『……屈辱的な格好です』

不満の声を漏らすシルヴィア。

しかしその尻尾は忙しなく左右に揺れている。

「なーんだ、召喚獣ってもっとかっこよくて強そうなやつだと思ってたのに」

つまらなそうに愚痴《ぐち》るショウキチ。

「そんなことないよ。シルヴィアはきっとすごく強いよ？」

「そんな子犬が？　前に見たロボット召喚獣のほうが百倍もかっこよかったぜ」

『このはな垂れ小僧め』

胡散臭《うさんくさ》そうにそう答えるショウキチ。

悔しそうに歯軋《はぎし》りするシルヴィア。

「今まで見かけてきた一般的な下位種族《ウルフ》とはまたちょっと違う感じね。体格もかなり小柄だし……」

「大きさ的に近距離攻撃型《ミドルレンジアタッカー》や盾役とも違いそうですね。となると魔法型《キャスター》か支援型《バッファー》――見た目の綺麗《きれい》さから回復型《ヒーラー》かもしれませんね」

バーバラとキョウコが冷静に分析する。

召喚獣や従魔には特殊なステータスとして〝タイプ〟が存在する。これはプレイヤーで言う所の職業と同じ扱いであり、このタイプに沿ってステータスやスキルを習得していく。たとえばアイアンは盾役タイプに該当していた。これはｍｏｂのステータス画面から確認することができる。

デミ・ウルフの素材を媒体とした獣型は、ＳＴＲ《筋力値》とＤＥＸ《敏捷値》に特化した近距離アタッカーであることが多かった。そして、近距離アタッカーの召喚獣は盾役タイプの次に重宝されている。

理由は〝死にやすいポジション〟だから。

死にやすいポジションをなるべく避けたいプレイヤー側からしたら、死ぬ可能性が高い盾役や近距離アタッカーをｍｏｂやＮＰＣに任せられるなら、これ以上のことはない。

逆に最も敬遠されるタイプは回復型。

ＡＩに回復を一手に任せる不安感が拭えないという、デスゲームでは至極真っ当な理由であった。次点で支援型も、近い理由で敬遠される立場にある。

「ねえねえ修太郎君。シルヴィアのタイプって——」

キョウコがそう尋ねようとした時だ。

『来る』

修太郎の腕から離れ、降り立つシルヴィア。

耳を立て、3時の方角に視線を向けている。

電撃が走るようなバチチッという音。

陽炎《かげろう》のように空間がぐにゃりと歪《ゆが》む。

再びの静寂——

しかし、森の中は確実に何かが変わっていた。

第21部隊の面々は悪寒のようなものを感じ取り、怖気《おぞけ》と共に鳥肌が立つ。それは戦闘指南役《キャンディー》のような感受性豊かなプレイヤーだけでなく、この場にいるどんなプレイヤーにも分かるほどの〝異変〟。

シンと静まり返る森林——

目の前に、巨大な黒狼《こくろう》が立っていた
《boss mob：ネグルス　Lv.37》

「しん……こう……？」

キョウコの顔が絶望に染まる。

不相応に強い個体が突然現れる現象。その個体が群れの長《おさ》となり、最後には都市を侵略するゲーム内イベント――〝侵攻《しんこう》〟。

不運なことに、第２１部隊は侵攻発生の瞬間に遭遇したのだ。

ツルグル原生林周辺ｍｏｂ図鑑から引用すると、黒き大狼《ネグルス》は群れを作らない孤高の存在である。その黒い体毛は夜の闇によく溶ける。赤く光る二つの点が目印、夜行性である彼等を見つけることは難しい。瞬きする間に、彼等は１マイル移動できると言われている。

一瞬の沈黙――

「皆集まって！！！」

叫び声にも似たバーバラの声が響く。

相手のレベルを見て、倒すのは不可能だと即座に判断したバーバラが祈りの体勢に入ると、半透明の膜が現れた。

「あ、あ、あぁ……」

あまりの恐怖に、その場にへたり込んだケットルをキョウコが抱えて祈りに飛び込んだ。

「お、お、俺達も……」

後方組のショウキチと修太郎。

祈りの場所までおよそ１０歩程の距離がある――

「ッえ……？」

ネグルスが二人の目の前に立っていた。

二人が足を動かすその刹那《せつな》の時間で、十数メートルの距離を音もなく詰めたのだ。

遅れてくる——恐怖。

カチカチと歯が鳴る。

ガタガタと膝《ひざ》が震える。

恐怖に支配される中、ショウキチは自分の目標《ヒーロー》の事を思い浮かべていた。

（こんな時……こんな時、誠《マコト》だったら……！）

ショウキチは涙を流しながらも覚悟を決める。

剣を抜き放ち、盾となる形で修太郎の前に立った。

「修太郎！　俺の傍から離れるな‼　お前の事は死んでも俺が守る！」

恐怖をはねのけ、必死に囮《おとり》となるショウキチは、目の前に現れた銀色の何かにぶつかり尻餅《しりもち》をつく。

そこにいたのは——

「なん……え……？」

ネグルスよりも更にひと回り大きな狼。

銀色の体毛を靡《なび》かせ、青の瞳でその場にいる全員を静かに見据えていた。

恐怖とはまた違った威圧感。

ネグルスすらも、動けない。

首輪のように並ぶ光の剣がゆっくり回っており、剣に刻まれた文様には神々しさすら覚える。

「あ、う……え？」

ショウキチが気付いた頃には目の前の銀狼《ぎんろう》は消えており――振り返るとそこに首を失った黒色の狼と、道の向こう側に佇《たたず》む銀狼を見つけた。

黒色の狼は血のエフェクトを撒《ま》き散《ち》らしながら地に伏した。

地響きにも似た音と同時に体は粒子へと変わり、森の中へと溶けるように消えてゆく。

『消えろ野良犬《のらいぬ》が』

そう言いながら勝ち誇るシルヴィア。

全員のレベルアップ音がけたたましく鳴り響き、唖然《あぜん》と眺めるパーティを見た修太郎は、頭の中で必死に言い訳を考えるのだった。

再びバーバラの祈りの中に戻った一行。

修太郎《しゅうたろう》の膝上《ひざうえ》に、銀色の小狼が可愛《かわい》らしく小首を傾《かし》げて座っているが、今回は女性陣が騒ぐことはなかった。

「ごめん、全然整理できてない……」

祈りの体勢を取りながら、両手を額《ひたい》に当て、絞り出すような声で言うバーバラ。

先ほど起こった一連の事は疲れから来る幻覚——そう信じたい彼女だったが、パーティの一覧に映る大幅に上がった皆のレベルを見て、現実逃避を諦めた。

バーバラ（L）　聖職者　Lv.29
ショウキチ　剣士　Lv.29
ケットル　魔道士　Lv.28
キョウコ　弓使い　Lv.28
修太郎　召喚士《サモナー》　Lv.25

+AcM　シルヴィア

レベルによる戦闘能力格差が凄《すさ》まじいこのeternityにおいて、レベル37の格上ボスの経験値は膨大《ぼうだい》である。

たった一度の、一瞬の戦闘が、紋章《もんしょう》ギルドの中堅で燻《くすぶ》っていた彼女達を一気にトップレベルへと押し上げたのだ。

しばらくの沈黙――

それを破ったのはショウキチだった。

「強《つえ》ええ‼　強えじゃんシルヴィア！」

興奮した様子で声量を上げるショウキチ。

ショウキチはまだまだ子供だが、幼いながらも〝追いかけていた背中〟があり、あ、あの人ならこんな時にどんな言葉を掛けるのかだけを考えていた。

「シルヴィアがいなければ皆死んでたぜ！　助けてくれてありがとうな、修太郎、シルヴィア」

内心彼はまだ恐怖に怯《おび》えていた。

手も足も、震えが止まらない。

しかし今は自分達を救ってくれた英雄に感謝の言葉を伝える――それが何よりも大事だと考えていた。きっとそれが、他の仲間達を立ち直らせる鼓舞《こぶ》になるとも思っていたから。

「ううん、皆が無事でよかったよ。僕からもありがとう、シルヴィア」

修太郎は別の意味で冷や冷やしていたが、素早く皆を救ってくれたシルヴィアへの感謝の気持ちは勿論《もちろん》大きい。彼女の頭を撫《な》でながら、念話でも労《ねぎら》いの言葉を掛ける。

『助かったよ、びっくりしたけど』

『目立たないように一瞬で倒しました！』

『う、うん。倒し方は確かに見えないくらい速かったよ』

頭を撫でてやる修太郎。

この場にエルロードやバンピーがいれば、目立ちすぎる彼女の処理方法に激怒していた事だろう。

黒騎士姿ならば無茶をしても人目を気にしなくて良いという免罪符があるが、素顔を晒《さら》した修太郎が目立つのは、魔王達にとって望むところではなかった――それだけ注目を集め、危険に晒されるからである。

しかしそこまで考えが及ばないのがシルヴィアである。修太郎から褒められたこともあり、誇らしげに撫でられていた。

ショウキチと修太郎のやり取りを見て、次第に落ち着きを取り戻してきた残りの三人。

バーバラは、黒色の狼が溶けた場所を眺めながら口を開く。

「侵攻《しんこう》――で、間違いないよね。しかも生まれて間もない侵攻。目の前で発生するとああなるのね」

そう呟《つぶや》きながら、修太郎へと視線を向ける。

「修太郎君、シルヴィア、本当にありがとう。ネグルスをひと目見ただけで倒せないって思って、合図もなしに祈りを使ってごめんなさい。集まるまで待つ余裕を持てたら良かったのに……」

バーバラの言葉に、修太郎は首を振る。

「そんなことないですよ！　バーバラさんの作った祈りに全員が逃げ込む形が一番だったと思います」

事実、なまじ戦闘経験が乏しく戦闘に自信があるパーティだったら、あの状況でも〝戦闘〟を選択していた事だろう。何度かの死線、徹底した戦闘訓練、連携を経《へ》た第21部隊だからこその、今回の対応であった。

格上に挑めば、待つのは確実な死である。

特にネグルスの機動力から逃れる術《すべ》はない。

「腰、抜けちゃった……」

「私も今もまだ涙が止まりません」

未《いま》だにへたり込むケットルと、体育座りで顔を埋《うず》めるキョウコ。

修太郎は前回のパーティを思い出していた。

第38部隊はこの空気の後、事実上解散しているからだ。

「命があれば万々歳だぜ！　それに見ろよ、俺らのレベルめちゃめちゃ上がってる！　それに戦利品もほら！」

空元気だが、嬉《うれ》しそうに仮想空間《インベントリ》を見せびらかすショウキチ——その中には《ネグルスの大《たい》牙《が》》や《ネグルスの爪》などの戦利品がずらりと並んでいる。

「戦利品の分配も考えなきゃかぁ……でも今回は全部修太郎君に渡すのが公平かも」

自分の仮想空間《インベントリ》を眺めながらそう呟くバーバラ。ギョッとした顔でショウキチは彼女を見た。

それに対して修太郎が答える。

「え、いや僕は大丈夫です！　自動で分配されたアイテムはその人の物で、武器や防具は適した人に譲るのがいいと思います」

武器にも防具にも金にも頓着《とんちゃく》がない修太郎だからこその提案だったのだが、修太郎が言った〝適した人に譲る〟の部分に、一同は懐かしさを感じていた。

「誠《マコト》もそう言うと思う」

ケットルが頷《うなず》きながらそう答える。

修太郎の提案を受け、バーバラは「戦闘区域だから手短に終わらせるね」と一言。

「とりあえずこの場での交換などは後回し。戦利品も一度ギルドに見せれば侵攻防衛の報酬が貰《もら》えると思うし、報告の後に色々やろっか」

冷静に言うバーバラ。

全員がそれに頷いた。

一度仮想空間《インベントリ》を流し見る修太郎——新たに追加された戦利品を確認した。

デミ・ウルフの毛×10
デミ・ウルフの牙×3
ネグルスの爪×1
ネグルスの大牙×1
ネグルスの宝石×1
黒狼《こくろう》の大杖《おおづえ》

＊　＊　＊　＊

紋章ギルドのエントランス。

雑多に混《こ》み合《あ》うプレイヤー達の中、戦闘指南役の大柄なオネエ《キャンディー》は二人のプレイヤーの対応をしていた。

「そうねえ……向上心があって実力もあるパーティはつい最近、最前線に向かって出発しちゃったのよね」

困ったようにそう答えるキャンディー。

詰め寄るように立つ二人のプレイヤーの内、背の高い男勝りな女性が落胆の声を上げた。

「ええーそうなのかよ。こりゃ来るタイミング間違えたな」

幅広の斧《おの》を背負い、髪をサイドテールに纏《まと》めている。その横には物静かそうな色素の薄い女性が立っており、その華奢《きゃしゃ》な体には不釣り合いな十字架を模した大剣を背負っていた。

「うちに入ってくれるのは大歓迎よ。最前線組なら即戦力だろうし、ラオちゃんに関しては貴重な盾役《タンク》だもの」

値踏みするように観察するキャンディー。

しかし二人は紋章ギルドにも目ぼしいパーティが空いていないと知るや否《いな》や、あからさまに落胆したようにため息を吐《つ》いた。

そんな時だった――

エントランスに驚愕《きょうがく》の声が響いたのは。

＊　＊　＊　＊

驚愕の声を上げた受付嬢《ルミア》は、エントランスにいるプレイヤー達からの視線が一斉に集まったのを察し、慌てて声のトーンを落とした。

「侵攻を発見し撃破した……ですか？」

「ええ。証拠として映像と戦利品をいくつか提出しますね」

受付前に並ぶ第21部隊の面々。

美しい銀色の小狼を抱える修太郎にチラチラと視線を送りながら、ルミアは戦利品を受け取って確認した。

映像というのは、文字通りプレイヤーが見ている風景を切り取ったもの。

それはドライブレコーダーのように常に風景を録画する機能であり、特殊なｍｏｂを発見した時や未知のエリアに踏み入った時、更にはＰＫを受けた時報復するためによく使われた機能であった。

「か、確認いたしました。レベル３７のボスで、出現場所は森林内。戦利品も高レアリティ品です」

ルミアは巨大な黒い狼の姿を見て怖気《おぞけ》を覚えつつ、最も重要な疑問を投げかける。

「皆さんのレベル変動値を見る限り、格上ボスを討伐した事実は疑うべくもないのですが、これだけ格上の相手をどうやって――？」

その問いに対し、修太郎が口を開くのを庇《かば》う形で、バーバラが素早く答えた。

「その辺りは固有スキルなども関わってくるのであまり詳しく話せません。重要なのは、かつてのキング・ゴブリン級の侵攻が目の前で発生し、遭遇した我々が討伐した事実が認められるかどうか……です」

凛《りん》とした態度の彼女に気圧《けお》される形で、ルミアは戦利品を返却しつつ、それに答える。

「かしこまりました。私もメンバーの守秘義務は尊重いたします。映像や戦利品の写真があれば十分な証拠になりますし、一度上の者に確認を取ってから防衛報酬の受け渡しになると思います。それでよろしいでしょうか？」

「はい、結構です」

部隊の事情を察して尊重するルミアに、バーバラは心の中で心底感謝しながら頷く。

魔導結界が維持されている今日《こんにち》、かつてキング・ゴブリンの侵攻に脅《おびや》かされた状況とは違い、都市を破壊される心配はない。そのため規模によっては報酬の額もそれなりに落ちてしまうのだが、今回は例外として適用される。

ここいら一帯のプレイヤーではどうにもできないほどのレベル。

都市から出ないよう呼び掛ければ人命は守れるかもしれないが、放置し大きく膨らめば脅威も増大する――キング・ゴブリンの二の舞となるからである。

そして討伐方法として出した〝固有スキル〟という言葉には「深く詮索しないでほしい」という、ある種暗黙の了解のような効力を持つ。

固有スキルはプレイヤーの最重要機密。

知られると不利になる種類もあるからだ。

「マスター達に確認をとってきますね。今日中に処理したいので、どこかで時間を潰《つぶ》していただけますか？」

「分かりました、よろしくお願いします」

ルミアとバーバラが同時に踵《きびす》を返す。

「時間潰しだって。とりあえずご飯でも食べに行く？」

「賛成！」

バーバラの言葉に嬉しそうに手を上げるショウキチとケットル。そして一行がレストランの方へと向かおうとしたその道中――三人のプレイヤーに声を掛けられた。

「ちょっといいかしら？」

それはキャンディーと、最前線から降りてきた二人の女性プレイヤーだった。

第21部隊を呼び止めるキャンディーは、その中に修太郎がいる事に気付き、嬉しそうに声のトーンを上げた。

「あら、修太郎ちゃんじゃない。調子はどう？」

「あ、キャンディーさん！」

かたや長身のオネエ。

かたやあどけない少年。

親しそうに話すミスマッチな二人。

ケットルは「修太郎が戦闘指南役《キャンディー》に食べられるのでは？」と内心ハラハラしながら、その光景を眺めている。

「あなた召喚士になったんですってね。折角あれだけのレベルと才能があって――って、脱線脱線」

そう言いながら、キャンディーは後ろに控えていた二人組を前に出るように促しながら、第21部隊に向け二人の紹介を行う。

「皆さんに紹介するわね。こっちの長身の子がラオ、こっちの可愛い子が怜蘭《レイラン》。二人共ついこの間まで最前線で活動してた腕利きよ」

キャンディーの紹介に応え、二人は頭を下げた。修太郎達もお辞儀で返す。

ラオは赤い髪をサイドテールにした長身の女性で、令蘭は色素の薄い茶髪の色白女性。ラオは背中に大きな斧を背負っており、令蘭は十字架を模した細長い大剣を装備していた。

全員が自己紹介を済ませた後、バーバラは用件を知りたそうにキャンディーを見つめ、それを察した赤髪の女性《ラオ》が本題に移った。

「私達、レベルが近くて〝当面、カロア城下町を拠点に活動できる〟部隊を探しているんだ。もしそういう部隊が居るなら是非紋章ギルドに所属したいんだけど――でもよくよく見たらパーティ埋まってるな……」

第21部隊は現在上限《フルパーティ》の6人。

そのやり取りを聞いていた修太郎は口を開く。

「僕は紋章ギルドにも入ってないお試し入隊だし、この子と一緒に抜けるよ！」

それを聞いて動揺したのはショウキチだ。

てっきり修太郎はこのまま入ってくれるものだと思っていただけに、露骨に驚いたような声を出す。

「なんで!?　せっかく仲良くなったのに！」

バーバラは何かを言《い》い淀《よど》んだ後、改めて口を開く。その言葉はショウキチではなく、ラオ達に向けられていた。

「……すみません、一度時間を置いてご返答でもよろしいでしょうか？　まだ戦利品の分配なども終わってませんし」

ラオと令蘭は冷静に頷いた。

「私達もすぐ見つかるなんて思ってないさ。それに、入るからには正式入隊って形になるから、余程の事がない限りずっと一緒だからな。寧《むし》ろよく考えて回答してほしい」

ラオと令蘭は「私達は施設巡りしてきます」と言い残し、全員にお辞儀《じぎ》した後、武具屋の方へと向かっていった。

キャンディーは申し訳なさそうに頭を掻《か》く。

「ごめんね、事情も知らず声をかけてしまって……あれじゃあ修太郎ちゃんに〝抜けてくれ〟って言ってるようなものよね」

「いえ、元々そのつもりだったので」

修太郎から免罪符を貰ったものの、キャンディーは最後まで申し訳なさそうにしながらその場を去った。残ったのは、第21部隊と修太郎。

俯《うつむ》くショウキチ。

それを見て修太郎も悲しい顔になっていた。

「と、り、あ、え、ず！　ご飯でも食べに行きましょ！　なんたって侵攻を食い止めたんだから、祝宴よ祝宴！」

大きな声でそう盛り上げながら、バーバラは皆を引きずるようにして近くのレストランへと向かった。

＊　＊　＊　＊

個室へと通されるや否や、バーバラは真剣な表情へと変わり、その場にいる全員に視線を向けた。

「今回の一件は〝私達の固有スキルでどうにかした〟って事になっているから、それ以上の詮索はされないと思うわ。場合によってアルバさんかフラメさん辺りが探りを入れてくるかもしれないけど、どうしてもの時は私の固有スキルって事にしてくれていいからね」

ショウキチやケットルはよく分かっていないような表情《かお》をしているが、何かに気付いたキョウコが口を開く。

「だからエントランスで分かりやすく宣伝してたんですね」

「うん。どうせ広まるし、そしたら他のメンバーから根掘り葉掘り聞かれる可能性もあるからね」

キョウコは合点がいったように頷く。

レストランに向かう前、バーバラがエントランスで〝侵攻を食い止めた〟と、ギャラリーに聞こえるよう立ち回っていた行動の真意が分かったからだ。

「その時にスキル詳細を聞かれたら〝私が死にかけた時に発動する防御力無視の弱体化《デバフ》〟で倒

したって答えてくれていいわ。実際、私の固有スキルはそうだから」

その言葉に、修太郎はハッとなる。

彼女が修太郎とシルヴィア達《自分》のやった事を肩代わりするつもりだと気が付いたからだ。

「……どうしてシルヴィアを庇ってくれるの？」

「だって、格上のボスを一撃で倒す召喚獣だなんて、絶対にいいように使われちゃうだけじゃない。そしたら修太郎君も他人の無茶に付き合わされるし、そんなの私嫌よ」

正直な所、バーバラはシルヴィアの戦闘力を目の当たりにし、反射的に「この悪夢を終わらせてくれるかも」という大きな期待を抱いた。

しかしそれ以上に、この事が公になってシルヴィア目当てで最前線の過激派グループが絡んできた場合、全てのボスを修太郎に一任させる——なんて事を言い出すやもしれないと危惧《きぐ》していた。

ただでさえ高いレベルのプレイヤーは妬《ねた》みの対象となり、戦いを強制される世界となっているのだから。

バーバラはその危険性と自分の固有スキルを明るみに出すことを天秤《てんびん》にかけ、迷わず後者を選んだのだった。

バーバラの固有スキル《窮鼠《きゅうそ》の一撃》は説明通り〝彼女のLP《生命力》が1割を下回った時に、対象へ防御力無視の呪いを付与する〟といった効果を持つ。

しかしこのスキル、ことデスゲーム化した現在では〝発動させようとする事〟自体がとても危険である。そのためバーバラはそのスキルの詳細がバレたとて、自分が酷使されることはないだろうと踏んでいたのだった。

「私達は修太郎君とシルヴィアに助けられた……その事実は揺るぎないわ。なら私達は二人が不幸にならないよう立ち回る。それが最低限の恩返しというものでしょう？」

そう言いながら、ニカッと笑うバーバラ。

「よし！　それじゃあ改めて祝宴といきますか！　皆、頼め頼めー！」

バーバラの言葉に、何事もなかったかのように振る舞う残りのメンバー達。

俯く修太郎はシルヴィアを強く抱いた。

シルヴィアは不思議そうに首を傾げたのだった。

「あのお二人、カロア城下町を拠点にして活動したいって言ってましたね」

注文した料理を待ちながらキョウコが喋《しゃべ》り出《だ》す。

「最前線にいたって言ってましたし、かなり凄腕《すごうで》のプレイヤーなのかも」

「カロア城下町なら問題ないと思う。攻略意欲の高いプレイヤーは皆そうしてるし。私達、多分この辺じゃもうほとんどレベル上がらないよ」

ケットルが肯定的な様子でそれに反応すると、バーバラは元気のないショウキチに視線を向けながら答える。

「元盾役《誠》も〝レベル20になったらカロア城下町を拠点にしてもいいな〟とか言ってたもんね。だからウル水門突破の条件がレベル20だったわけだし」

パーティはネグルス討伐の経験値でレベル20を軽々超えている。そしてケットルが言うように、向上心がある者ならばレベル20と言わず15程度で次の町へと進む場合が多く、逆にレベル20以上となれば、アリストラス付近でレベルを上げるのは困難である。

後はメンバーの気持ち次第――

バーバラはそう考えながら頬杖《ほおづえ》をつく。

全員の料理が運ばれてくる頃、ショウキチが俯きがちに口を開いた。

「修太郎……俺達の部隊は嫌なのか？」

彼からしてみたら、この世界に来てはじめての同い年の同性で親しくなれた存在。戦力としてではなく、純粋に〝友人〟として近くにいて欲しい――そう考えていた。

修太郎は少し答えづらそうにした後、はっきりとした口調でそれに答える。

「ううん、嫌じゃないよ。でも僕の目標とショウキチ君達の目標は多分違うから。歩く速さは同じ人同士の方がいい」

修太郎は第21部隊に居心地《いごこち》のよさを感じてはいたが、将来的に最前線を突き進んでヴォロデリアを討つ目的に付き合わせるのは難しいと考えていた。

修太郎の理想は、他プレイヤーと交流しつつ召喚獣で上限の6人《フルパーティ》を魔王達と組んでの攻略だったから。

でも……と、ごねるショウキチ。

キョウコが諭《さと》すように言う。

「困らせちゃダメよ。それに……うちには盾役がいないもの」

タンクはパーティの要《かなめ》。

どれだけ優秀なメンバーが揃《そろ》っていようとも、盾役なしではボスとの戦闘は特に厳しいものだ。それに、紋章ギルドは適正レベルを大きく上回ってでもいない限り、盾役なしパーティを許可していない。

「じゃあ俺が盾役になる！」

「へー。双剣士諦めるんだ？」

「うっ……双剣士にも、なる！」

冷やかすように言うケットルに、頑固にそう張り合うショウキチ。

見かねたバーバラが困ったように肩を竦《すく》めた。

「そうやって、誠の時みたいに駄々こねて困らせたらダメでしょう？　友達ならフレンド登録でもなんでもして、会いやすいようにしたらいいじゃない」

「あ、そっか！　修太郎！　フレンド登録しようぜ！」

ショウキチは子供特有の切り替えの早さを見せつけ修太郎にフレンド申請を送る――そして修太郎は初めてのフレンド依頼を見て、泣き笑いを浮かべた。

「修太郎君、私もいい？」

「あっ、私も私も！」

「私もいいかしら？」

そんなこんなで全員とフレンドとなった修太郎。メニュー画面のフレンド一覧を開くと、そこには第21部隊の名前が〝オンライン〟と表示されていた。

「よっしゃー！　元気出たから食うぞ！」

「こら！　いただきますしなさいっ！」

そう言って、ラーメンを啜《すす》るショウキチの頭をケットルが小突くと、その場に笑いが生まれたのだった。

一頻《ひとしき》り談笑した後、話題は戦利品と防衛報酬の分配へとシフトしていた。

「防衛報酬に関しては十中八九貰えると思うわ」

そう言いながら、バーバラは食後のプリンを掬《すく》った。

そして口に運びながら、修太郎へと視線を向ける。

「私としては報酬は全部修太郎君に渡すべきだと思ってる」

バーバラの言葉に、キョウコだけでなくショウキチとケットルまで全員が頷いた。

「譲るとかそういうレベルの話じゃなく、侵攻を止めたのは修太郎君とシルヴィアだからね。私達はたまたま居合わせて、さらには守ってもらった側の人間。当然、受け取れないわ」

そう言って、仮想空間《インベントリ》を開く動作をするバーバラを、修太郎が止める。

「え？　でも戦利品は均等にって言ってたよね？」

「あれはその……通常通りだったらそうよ？　今回は例外だもの」

「それを言ってしまうとバーバラさん達がいなければ僕は森に行けなかったし、そしたらシル

ヴィアとも会えてないよ」

あっけらかんとそう語る修太郎。

シルヴィアの部分は事実と異なるのだが、修太郎は修太郎で、彼等に戦利品を分配したい理由があった。それはプレイヤー達の生存率を高めるという、根本的な理由である。

自分一人でアイテムを独占するよりも、強い武器や良い素材がバーバラ達に行き渡れば、少なくともこのパーティの生存率が上がるだろうと踏んでいたのだ。

「依頼中に教えてくれたでしょ？　〝必要な人に必要な物を〟って。僕は独り占めするより、この先皆の助けになれる方が嬉しい。パーティを抜けるんだから尚更《なおさら》だよ」

だから全部均等に分配がいい——そうはっきりと伝える修太郎に、流石《さすが》のバーバラも困った表情で他のメンバーを見た。

「そっかそっか！　なら仲良く山分けだ！」

喜びを爆発させるショウキチ。

はるか格上が落とした未知の素材は、それだけ色んな可能性に溢《あふ》れている。売れば大金となり、加工すれば力となる。

「あんたねぇ、ほんと図々しいんだから」

「修太郎が良いって言ってるんだから良いじゃんか。ならケットルは返せばいいだろ？」

「うっ……それはそれだもん……」

年少組のやり取りを見て、バーバラとキョウコは申し訳なく思いながらも「何から何までありがとう」と力なく感謝する。

彼女達とて、これがどれほどの物なのか分からないわけではない。

いずれ、何かの拍子で今回のような予想外《イレギュラー》の事態に巻き込まれた際、今回の戦利品が有るのと無いのとでは生存率も変わってくるだろう――貰えるのなら、これほど助かることはないと自分を無理やり納得させた。

全員がインベントリを開き、各々が手に入れたアイテムを報告していく。

基本的に、○○の牙や○○の毛などのmobにちなんだ部位アイテムは、討伐に携わったプレイヤー全員に均等分配される。例外として《宝石》や《魂》といった高レアリティアイテムが手に入るかは時の運となるが、主に交換《トレード》の対象となるのは〝装備品〟である。

「僕は黒狼の大杖っていうアイテムが出たよ！　聖職者専用ってある！」

「私は黒狼の剣っていうアイテム出ました。こっちは片手剣ですね」

「私のは黒狼の外套《がいとう》。誰が装備しても相当ステータスが伸びるみたいだけど、かなりAGI《敏捷値》に寄ってるかな。それと装備品じゃないけど、黒狼の魂も出たわ」

装備品が出たのは修太郎とキョウコとバーバラで、必要な人に必要な物をの考えでいけば、大杖はバーバラ行きが確定している。

バーバラは修太郎に視線を向け、言いにくそうにして口を開く。

「……本当に総取りじゃなくていいの？　対象レベル37の装備品ならちょうど最前線組の適正だし、売ればかなりの額になるわよ？」

その言葉に、修太郎は首を振る。

「将来的に皆が使えるなら皆に使ってもらった方がいい！」

それは、紛れもなく修太郎の本心だった。

未だ会った事もない最前線組に売るよりも、良くしてくれた彼等に使ってもらいたいと思うのは、幼い修太郎からしたら当然の心境である。

そういう理由もあり、まず大杖がバーバラの物となった。バーバラはアイテム欄に追加されたその大杖の性能を見て目を丸くしている——それだけ、ボスドロップの品というのは性能が破格なのである。

続いて黒狼の剣だが——

「僕は今の剣があるから別に大丈夫！　どちらかといえばその〝黒狼の魂〟っていうアイテムが欲しいかな」

と、修太郎が辞退する。

片手剣の適性があるのは修太郎、ショウキチ、キョウコの三人で、ショウキチはこれは修太郎が持っていく物だと思っていただけに、すかさず突っ込みを入れる。

「お、おい武器が要《い》らないって嘘《うそ》だろ？　いくら気に入った武器があったとしても、今装備してるやつよりこっちのほうが強いに決まってるじゃん！」

ショウキチの言い分はもっともである。

しかし修太郎は表情を変えない。

「それに僕にはシルヴィアが居るから、滅多に戦うことないと思う」

修太郎はシルヴィアに戦闘を全て任せる気はさらさらないのだが、実の所、掲示されたその片手剣の性能よりもセオドールの鍛えた〝牙の剣〟のほうが性能が高かったのが断るに至った大きな理由だった。

戦闘面を召喚獣に一任する召喚士は決して珍しくないため、ショウキチもキョウコもそれ以上は何も言わなかった。

「ならショウキチ君が使って」

「え？　でもキョウコねえちゃんは？」

「私は——貰ったものがあるもん」

そう言って、キョウコはかつて誠から貰ったスキル付きの短剣を見せた。

もちろん性能は黒狼の剣の方が断然高いのだが、キョウコはそれ以上に誠から貰った品であることと、将来的に二本の剣が必要になるショウキチへ渡そうと思ったのだ。

黒狼の剣を受け取ったショウキチ。

鼻の穴を膨らませ、目を輝かせる。

「それなら黒狼の外套と魂は修太郎君が取っておいて。流石に第21部隊《私達》が貰いすぎてるし……」

そう言うと、修太郎の返事を待たずしてバーバラはアイテムを送ってきた。

外套もレベル37から装備できるアイテムで、見た目は狼の毛皮でできたマントのようなもの。

　そして魂の方だが、これは消費アイテムだ。

　中身は基本的に《スキル》である。

「いいの？　ケットルとキョウコさんは何も貰ってないのに……」

「ううん、経験値だけでも十分だもん。それに貰った素材を使って装備を作ってもらう事もできるし、防衛報酬も貰えるかもだし！」

　修太郎の言葉に、ケットルは笑顔で答える。

　実際、第21部隊にとっては経験値だけでも大きな報酬である。仮に修太郎がアイテムを総取りという話になっても、誰一人不満を漏らす者は居なかっただろう。

「あ、ルミアさんからメール来たわ。防衛報酬が用意できたからエントランスまで来て、だって」

　その後、残りの料理を平らげた面々は防衛報酬を受け取るため、紋章ギルドの受付に向かったのだった。

＊　＊　＊　＊

　受付に戻ってきた第21部隊。

　一行の到着を待っていた受付嬢《ルミア》が笑顔で手招きする。

「お待たせいたしました！　まずはワタル《マスター》からの言葉をお伝えしておきます」

マスターという言葉に、反射的にパーティ内に緊張が走る。ルミアは全員を見渡しながら、メール画面へと目を落とした。

「まずは皆さんが欠ける事なく侵攻から生還されたことに安心いたしました。そして、この度は侵攻を未然に防いでいただきありがとうございました。都市は結界により守られているとはいえ、放置していれば付近の討伐隊は全滅していた可能性があります。功績に釣り合うかは分かりませんが、防衛報酬を用意させていただきました――と、原文ママですが」

そう言って丁寧《ていねい》に頭を下げるルミア。

報酬という言葉にパーティから歓喜の声が上がる中、バーバラはほっと胸を撫で下ろした。

「認められたんですね。良かった」

「映像もありましたし、まず問題ないと思っておりました。報酬の方を先に処理しておきたいので、全員にお送りいたしますね」

ルミアはワタルから送られてきたゴールド《報酬》を第２１部隊全員に送る。面々はそれを受け取り、その額に目を丸くした。

「４５０万ゴールド!?」

ショウキチは見たこともない額に声量を上げて驚いた。その声に、エントランスのメンバー達が「なんだなんだ？」と耳を傾けている。

「ボスのレベルを加味しても危険手当含め妥当な金額だと思います。現在アリストラス《ここ》にはレベル37のボスに対応できるメンバーはほとんどいませんでしたから」

と、金額の根拠を述べるルミア。

ワタルは6人全員に450万ゴールドずつを渡してくれとルミアに伝えていた。それは純粋に皆を救ってくれた感謝の気持ちもあったが、それ以上に〝レベル37のボスを倒せる技量を持つパーティ〟へ金銭的支援を行い、ゆくゆくは最前線に合流してほしい——という期待も含まれた額であった。

キョウコは焦った表情で修太郎を見るも、修太郎は笑顔を浮かべ「受け取ってください」と頷いた。

「それに加えて、第21部隊を今より第7部隊へと昇進する事となりました！

これによる戦闘への強制力などは発生いたしませんが、初心者の戦闘指南などをお願いする場合がありますので、ご了承ください」

「——ッ！　光栄に思います！」

思わぬ報酬に驚くバーバラ。

第21部隊は第7部隊に飛び級昇進した。

紋章ギルドの戦闘部隊は第1部隊を頂点とした実力順に番号が振り分けられている。第7部隊となれば、ことアリストラスを拠点とする部隊の中では最も優れた位置であった。

ショウキチとケットルは手を取り合って喜んでいる。

部隊の番号を若くするのは全部隊の目標——そしてなにより、部隊を一桁台《ひとけただい》にまで成長させるのは元盾役《誠》の悲願でもあったからだ。

「これで防衛報酬は以上となります。それとラオと令蘭《あのお二人》の件は話が纏まりそうですか？　部隊番号も上がったので別のメンバーからの移籍申請も期待できると思いますが……」

「そうですねぇ……」

バーバラはショウキチとケットル、そしてキョウコへと視線を向けた後、力強く頷く。

「ウル水門を通りながらお二人の人柄を観察させていただいて、問題なさそうであれば、そのまま当面カロア城下町を拠点に活動していこうと思います」

「そうですか！　ではお二人にメールを送っておきますね」

バーバラの前向きな回答に、ルミアは表情を明るくさせた。そしてバーバラは二人に集合時間と場所を伝えてほしいと頼んだのち、全員は準備のため一度解散となったのだった。

＊　＊　＊　＊

森林を駆ける巨大な狼。

それはまるで吹《ふ》き荒《すさ》ぶ風にでもなったかのようで、背に乗る修太郎とショウキチの絶叫は慣れると共に歓喜の声へと変わり、森の中に響く。

「最高の召喚獣じゃん！　馬鹿にしてごめん！」

『ふん。何を今更当たり前のことを！』

褒められたシルヴィアは尻尾《しっぽ》を振りながらさらに速度を上げる――余談だが、森の中には幾つかのパーティがいたのだが、高速移動する修太郎達《彼等》を目視できる者はおらず、静かな森の中に子供の絶叫が響くという不気味な体験を味わっていた。

「ますます別れるのが辛《つら》くなるぜ。逃した魚は大きいってやつだな！」

「ごめんね」

「なーに、パーティの脱退なんて別に珍しいことでもないしな！　それに新入りになるかもしれない二人、聞けば元最前線組の高レベルプレイヤーみたいだし」

「じゃあ申請を受け入れるんだね！」

実はあの二人をパーティに迎え入れるに当たり、最後まで歯切れの悪い回答をしていたショウキチ。しかしどうやら彼の中の何かが変わり、二人を受け入れる気になったようだった。

「……まぁ、やり残しを終わらせれば、もうアリストラス《ここ》にも未練ないからな」

やり残しの事を聞き返す修太郎だったが、ショウキチはそこからシルヴィアが止まるまで、何かを考え込むようにして沈黙した。

そして森林から出た二人。

シルヴィアは小狼となって修太郎の肩に乗った。

「最高だったぜ。本当にでっかい召喚獣で、背中に乗れるなんて思ってなかった」

そう言って、ショウキチは拳《こぶし》を突き出す。

修太郎は不思議そうにそれを見た。

「ほら右手出す！　ここにこーして、合わせると、男と男の友情ーなんつって！」

修太郎の拳とショウキチの拳が合わさる。

二人の少年は互いに目を合わせ、たまらず照れ笑いを浮かべたのだった。

Chapter07: 第7話

ダンジョンに戻ってきた修太郎《しゅうたろう》は、魔王達にあった事全てを話した。

第7部隊と一緒になったこと。

友人ができたこと。

侵攻《しんこう》に遭遇したこと。

シルヴィアが倒したこと。

それを秘密にする話になったこと。

誇らしげに頷《うなず》いていた銀髪《シルヴィア》の美女に、魔王達から罵詈《ばり》雑言《ぞうごん》が飛び交った。

「し、しかし他の者まで全員救うとなると……」

そう言いながら狼狽《うろた》えるシルヴィア。

「もはや呆《あき》れる他ありませんね……貴女《あなた》の役割は主様をお守りするのもそうですが、主様が怪しまれないよう立ち回るのが最も重要と考えていました。それを一度の同行で……」

執事服《エルロード》は青色のオーラを纏《まと》いながら、シルヴィアを睨《にら》み付《つ》ける——他の魔王達も同様に、怒りの感情に任せオーラを発している。

「ううん——最善かどうかはわからないけど、シルヴィアは他の被害も抑えてくれたし、僕は咎《とが》めないでほしいと思ってるよ」

意気消沈するシルヴィアを庇《かば》う修太郎。

巨人《ガラス》が困ったように鬚《ひげ》を撫《な》でる。

「しかし主様。これで他の者達に紛れて情報を得るという当初の予定は破綻《はたん》したと考えるのが妥当では？　目立つことはなるべく避けるのが基本だったはず」

「でも目立たないように立ち回っていたら……シルヴィアが力を出し惜しんでいたら、周囲に侵攻のモンスターが湧いて他に被害が出ていたかもしれない。パーティ内でも負傷者が出ていたかもしれない」

実際の所、全員がボスを認識していた状況の中〝目立たないように立ち回る〟という条件を達成できる魔王はエルロードのみだったが、それも彼が第7部隊に魔法を使える《干渉できる》〝パーティ外〟にいなければ不可能であった。

目撃者多数のあの状況——

ボスを倒すだけでは誤魔化しが利かない。

たとえばバンピーの固有スキルで即座に死亡させたとしても、一度現れたボスが消え、経験値と戦利品が入れば誰もが不信感を抱くだろう。

唯一の部外者《異物》である修太郎に疑惑の目が向くことも容易に想像がつく。

どんな形で処理したとしても、第7部隊から修太郎に何らかの注目が向くのは必至であった。

目立たずボスも処理できる方法がないわけではないのだが――

「主様の今後に関わるのであれば、その状況でも〝丸く収まる〟方法はあるだろう？」

「それは主様の主義に反する行為よ」

目を細めシルヴィアを見るガラス。

それをバンピーは真っ向から否定する。

ガラスは〝全てを見た第7部隊を消せば主の秘密は守られるだろう〟という意味でそう述べているのだが、修太郎は気付いていないようでプニ夫《お》を抱いて立ち上がる。

「シルヴィアに関してはもう責めないであげてね。僕はレジウリアでやる事があるから、ちょっと行ってくる」

そう言って、王の間から修太郎が消える。

残された六人の魔王。

当然、全員の視線は再びシルヴィアに向く。

「お優しい主様ですからあなたを咎めないのでしょうが、二度と短絡的な行動をしないよう肝に銘じてくださいい。主様の命にも関わりますからね」

「面目ない……」

ため息まじりにそう言うエルロードに、シルヴィアは狼の耳を畳むように垂《た》れ下《さ》げ答えた。

腕組みをして沈黙していた黒髪の騎士《セオドール》が口を開く。

「この後、次の召喚で私も護衛に就《つ》ける。心配もなくなるだろう」

修太郎の状況説明の際に話題として上がっていたが、一連のイレギュラーによって修太郎のレベルが20を超えたため、次の召喚が可能となっている。

次は戦闘能力的に見てセオドールが召喚される予定となっていた。

（セオドールの旦那《だんな》も脳味噌《のうみそ》筋肉だから、寧《むし》ろ心配が増えたような気がするなァ）

金髪の騎士《バートランド》は、心の中でそう呟《つぶや》きながら額《ひたい》を掻《か》いた。

「それと皆に伝えておく事が一つある」

深刻そうにそう語り出すシルヴィア。

魔王達はその言葉に耳を傾ける。

「友人ができたと仰《おつしや》っていたが、その際、主様は大粒の涙を流されていた。私には嬉《うれ》しい感情ではなく〝寂しさから解放された〟ように見えた——我々では埋められなかった〝何か〟が、彼らとの出会いであったんだと思う」

「！」

魔王達に動揺が走った。

修太郎は魔王達の前で涙を見せたことがなかったから。

バンピーは下唇《したくちびる》を強く噛《か》み、切れた口元から一筋の血が流れる——修太郎は自分達の崇高な主である以前に、まだ年端もいかない少年なのだと再認識したからだった。

修太郎は魔王達に〝友人関係〟を求めていたのに、魔王達はあくまでも〝従属関係〟を貫いていた。

無礼がないように――

全員がその認識で距離を保っていた。

魔王達全員が〝王〟という身分であるため、自分の世界に居るその他全員は〝配下〟という扱いとなる。つまり魔王達もその〝友〟という概念を理解していない。

それが修太郎との壁を作った。

結果、修太郎はずっと求めていた〝本当の友人〟を見つけ、そこまで我慢してきたものが全て崩れて感情を爆発させたのだ。

自分達がその役割も担えたのに――

魔王達全員は大きな罪悪感を抱く。

知らず知らずに主様を追い詰めていたのは、他でもない自分達だと気付いたから。

「友人、友人かァ――」

バートランドは虚空《こくう》を見つめ呟いた。

知らない土地ですぐに友人を見つけ駆け出していった、自分の妹を想いながら。

「そういえばあの子は今どんな状態なの？」

思い出したかのようにバンピーがそう尋ねると、ガラスが得意げに語り出す。

「我とセオとバートが直々に手を貸したんだ、見違えるほど逞《たくま》しくなっている――しかし未《いま》だに不安は残るがな。なんせ親殺しの召喚獣だ」

その言葉に黙り込む一同。

バートランドが弁解するように口を開く。

「アイツは大丈夫さ。鍛えた俺には分かる」

その言葉を最後に、王の間は沈黙に包まれる。

バンピーは坑道内で修太郎に言われた言葉を思い出しながら、複雑な表情を浮かべ虚空を見つめていたのだった。

＊　＊　＊　＊

巨人の国——アルヴォサ。

岩と炎の大国であるアルヴォサの、武器を積み上げ作られた玉座に巨人《ガラス》は座っていた。

その玉座はガラスが滅ぼした国の王が持っていた武器。

武器の数は勝利の数、
武器の数は強さの証《あかし》、
全戦無敗の王——

それが巨人族の王、ガラスである。

遥《はる》か奥の扉まで続く赤色の絨毯《じゅうたん》。

それに沿うようにずらりと並ぶ家臣達。

かつての好敵手達を全て束ね絶対の王となったガラスは、苛《いら》つく様子を見せながらあ、い、ある報告を待っていた。

（今に見ていろ……）

その目はかつての野心の炎が宿っている。

組まれた足がユサユサと揺れ、グラスに注がれた赤色の酒に波紋が拡《ひろ》がる。

「王様！　例の者を連れてまいりました！」

「そうか、そうか！　よくぞ来た！」

膝《ひざ》をついて首《こうべ》を垂れる家臣に向け、上機嫌に手を叩《たた》くガララス。やってきた頭巾《ずきん》を被る巨人族を眺めながら、勝利を確信し酒を一気に飲み干した。

連れられた巨人族が手をかざす。

ガララスの目が大きく見開かれた。


そして一方、不死の国――

修太郎によって作られた城の頂に、白い少女《バンピー》が座っていた。

ひしめくアンデッド族を見下ろしながら、コミュニケーションが取れる数少ないアンデッドである死の魔法使い《リッチ》の帰りを待っていた。

右手の指先で、白の玉座をカッカツ叩く。

その顔には少なからずの苛立《いらだ》ちが窺《うかが》えた。

何も言葉を発さぬまま、奥の扉を眺める。

（あれさえ見つかれば……）

冷徹な瞳が揺れる。

重厚な扉が音を立てて開かれてゆき、その奥からボロのマントを着た浮遊霊――リッチが現れ、バンピーの前に傅《かしず》いた。

「例ノ者、見ツケマシタ」

「そう。下がっていいわ」

それを聞き、立ち上がるバンピー。

リッチと入れ替わるようにやってきたのは、不気味に泡立つ不定形の塊《かたまり》。その姿を見たバンピーが言い放つ。

「固有スキルを見せなさい」

不定形の塊――スライムが黒い光を放つと、バンピーの目が見開かれた。

二つの世界、二人の魔王が同時に叫んだ。


「「それじゃない!!」」


城内が割れるような怒号が響く。

頭巾の巨人はその手を好きな形に変形させる《変形手》のスキルを持ち、不定形の塊は自分の色を変える《変色》のスキルを持っていた――それは、二人が求める《形状変化》の固有スキルとは程遠いものだった。

人の形でありながら人外に近いバンピーとガララス《自分達》は、目立つからという理由で同行を見送られている。

しかし、主の従えるあの黒のスライムのように《形状変化》があれば、自分達も等しく同行の権利を得られる——二人はそう考えていた。

ならばと探した《形状変化》のスキル持ち。

しかし、レアスキルである《形状変化》を持つ者は未だ現れず、そのスキルを習得し同行しようと画策するバンピーとガララスは怒りのあまり叫ぶ。

「「スキル持ちはどこだ!!」」

その悲痛な叫びが主に届くことはなかった。

＊　＊　＊　＊

夕陽を背に受けながら、双剣を背の鞘《さや》に収める少年。

目の前には力なく崩れ落ちるゴブリン・リーダー。ほどなくしてその体は光の粒子となり、風に運ばれるように溶けてゆく。

新しいメンバー、ラオと怜蘭《レイラン》を加えウル水門のボスを撃破した一行。

目指すは次の町、エマロ。

目的地はその先にあるカロア城下町である。

「やったね、ショウキチ」

傍《そば》で杖《つえ》をしまう魔法使いの少女《ケットル》。

Party.A
バーバラ（L）　聖職者　Lv.29
ショウキチ　剣士　Lv.29
ケットル　魔道士　Lv.28
キョウコ　弓使い　Lv.28
ラオ　斧《おの》戦士　Lv.37
怜蘭　大剣士　Lv.39

Party.B
修太郎（L）　召喚士《サモナー》　Lv.25
＋AcM　シルヴィア

レベル10のボスに対する戦力としてはかなり過剰戦力ではあるため、斧使いの女《ラオ》と大剣使い《怜蘭》は感極まる様子のショウキチを不思議そうに眺める。しかし、ゴブリン・リーダーの討伐はショウキチ《彼》にとって特別な意味を持つ。

(倒したよ、誠《マコト》のおっちゃん)

安全なレベルに上がるまで決して挑戦を許されなかったボスを、誠の言いつけをキチンと守り、十分なレベルとなったショウキチとケットルを軸にした隊形での討伐――これでもう、心残りはない。

「うし、じゃあ改めて! エマロに出発!」

「といっても、少し歩けば着くけどね」

「あっ、そうなの?」

意気込んだショウキチだったが、ケットルに出鼻《でばな》を挫《くじ》かれコケるように体を崩す。二人のそんな様子を、聖職者《バーバラ》は優しい表情で見守っている。

(誠、二人は順調に育ってるわ。心強い仲間もできたし、私達も無理なく貴方《あなた》の背中を追いかけてもいいよね)

最前線へと旅立ったかつてのリーダーの顔を思い浮かべながら、キョウコとバーバラもそれに続くように、エマロの町へと続く道を歩き出した。

＊　＊　＊　＊

とある町の路地裏で少女が泣いていた。

刀を抱く彼女は、壁に額を打ちつけながら泣いていた。

先の戦闘で全てを失った。

苦楽を共に過ごしてきた旅の仲間達。

先へと進んだ仲間、歩くのを止めた仲間。

残された自分を最後まで守ってくれた仲間。

刀を抱く手に力がこもる。

少女は泣くのを止め、虚《うつろ》な目で呟いた。

「疲れた……」

薄暗い路地裏に、彼女の嘆《なげ》きは消えてゆく。

「――――、――――ですか？」

低く、優しいその声に少女が顔をあげると、そこにはローブを着たプレイヤーが立っていた。

耳を疑うような言葉。

しかし少女はすがるような思いで聞き返す。

「でき、るの？」

男はゆっくり頷くと、ローブを翻《ひるがえ》し奥へと歩き出した。

少女はいつもの癖で隣を見るが、助言をくれる優しい仲間はもういない。

「まって……！」

甘い蜜《みつ》に誘われて、少女は走り出す。

ローブの下で笑う男は救世主かそれとも――

＊　＊　＊　＊

遂《つい》に次の拠点へと進み出した修太郎達。
そこで待ち受ける新たな試練、脅威。
徐々に解き明かされるｍｏｔｈｅｒの思惑。
そして最前線組を待ち構える――大迷宮。

第二巻　完

《書き下ろし エルフの王》

The unimplemented end-stage enemys have joined us!

大樹ニブルア。

世界ができるよりも前にあったとされる神聖な木。その幹は天を貫き、星の深部に根を張ると言われている――そんなニブルアを〝神〟と崇《あが》め、守り続ける種族がいた。

「おいバート。そんなところでサボってたらまた戦士長に怒られるぞ」

屋根の上に寝そべる人物へ呆《あき》れた表情を向ける少年少女達。

彼等は皆、特徴的な容姿をしていた。

美しい顔立ちに、尖《とが》った耳。

森の民とも、大樹の守り手とも呼ばれる彼等はエルフ族。悪意を持って森に近付く者を排除する戦士達である。

「うるせー。毎日毎日弓引いて槍振《やりふ》って、真面目《まじめ》に続けて何か意味あんのかよ」

齢《よわい》12の少年、バートランドもそこにいた。

バートランドは日がな一日屋根の上で横になり、大人の手伝いもしなければ戦士の務《つと》めも果たさない穀潰《ごくつぶ》しである。

「意味はあるわよ！　私達も立派な戦士になって、大樹ニブルアを守り続けるの！」

「はっ。俺はこんな木なんかに命賭けるつもりねェよ」

バートランドの物言いを大人の誰かが聞いていたら、屋根から引きずり下ろされ説教を食らわせていただろう。大樹ニブルアを軽んじる発言・思考は、エルフ族にとって殺しよりも重い罪なのだから。

「悲しい奴《やつ》。親がいないとあぁなるんだな」

「親は関係ねえだろ!!」

激昂《げっこう》するバートランド。

子供達は蜘蛛《くも》の子を散らしたようにその場からいなくなり、バートランドはため息混じりにその場に座った。

「こんな木、守ってなんになんだよ……」

大樹ニブルアを恨めしそうに睨《にら》む。

バートランドには親がいない。

故《ゆえ》に、彼のこの思考については〝親がいないからだ〟と揶揄《やゆ》される事が多く、そのつど衝突し爪弾《つまはじ》きにされてきた。

彼は天涯孤独だった。

「また喧嘩《けんか》したの？」

物陰から一人の女性が顔を出した。

バートランドはバツが悪そうに顔を背ける。

「喧嘩じゃねェよあんなの」

「ふーん、そっか」

隣に座るなり楽しそうに微笑《ほほえ》む女性。

頭に光る王冠と、口に咥《くわ》えた煙草《たばこ》がなんともミスマッチで、バートランドは煙草の煙に顔を顰《しか》めた。

「また人族の葉っぱ吸ってんのかよ」

「向こうではコレが大人の証《あかし》なんだってさ。最初は苦くて不味《まず》かったけど、慣れれば気分が晴れるし良いものよ」

「姫様が人族の文化に意欲的でいいのかねェ」

バートランドの隣に座る女性。

名をハトア・ニブ・アイレインという。

ニブはエルフ語で偉大を意味する言葉であり、この国でニブの姓を持つ者は王家の血筋である事を意味する。

人懐っこい笑みと誰彼構わず仲良くなれる天真爛漫《てんしんらんまん》な性格で、多くの者から慕われている彼女はエルフ国の姫であった。

「だって、人族ってすんごいのよ！　魔力や身体能力だってどんな種族よりも弱いのに彼等の発明は――」

「あーはいはい。熱弁するのはいいけど、また王様に怒られるぞ」

民に好かれる性格の彼女ではあるが、一方で人族に興味を持つ異端児として、一部の者からは危険視されているのであった。

純粋ゆえに無知。

姫をそう呼ぶ者も少なくない。

「バートも吸う?」

「いらない。臭いし」

「大人の味だよ?」

そのまま、ハトアは自分が咥えていた煙草をバートランドに咥えさせると、満足そうに「ねっ?」と笑う。

むせるバートランドを見てハトアは再び笑い、バートランドは頬《ほお》を掻《か》きながら「たしかに、大人の味がした」とそっぽを向いた。

＊　＊　＊　＊

エルフ族は森から出ない。

出ようとする者もいない。

罪を犯したエルフ族への最大の刑罰として〝追放〟というものがあり、森から出ればニブルアの加護から外れ、二度と森へは戻れない。死者となってもその魂はニブルアに還《かえ》ることができない——と、そう言い伝えられているのである。

「デズモンドさん、最近見かけないよな」

森を歩くバートランドがそう呟《つぶや》いた。

後ろを歩くハトア姫がこくんと頷《うなず》く。

「森から出たら魂が還れないって本当かな」

「うーん、少なくとも体は帰れるよ」

「ハトアが言うならそうなんだろうな」

殊《こと》これに関して、人族の国とエルフの国を何度も行き来しているハトア姫の言葉には、エルフ族の誰よりも説得力があった。

が、ハトア姫はもちろん、バートランドも姫が外《そ》に出《の》ている事実《事》を誰かに言うことはない——言えばその場で極刑だからである。

「でもねっ」

そう言いながら、バートランドの前へ出るハトア。

「きっと幸せに過ごしてると思うよ」

「はぁ？　誰の話だよ」

無邪気な笑みを向けるハトアを、バートランドは訝《いぶか》しげな表情で見る。しかしハトアはそれ以上語らず、鼻歌まじりにスキップした。

＊　＊　＊　＊

年に二度、国民総出で行われる武闘大会がある。戦士達は大樹ニブルアへ鍛錬の成果を見せることで、己の忠誠心を示すことができる——というのは建前で、戦士達を束ねる戦士長が若いエルフを引き抜くための審査の場、というのが大会の目的である。

会場にどよめきの声が上がる。

「勝者、バートランド！」

突き付けた穂先を離し、一礼する美少年。

その場に膝《ひざ》をつくのは、今期屈指の豪傑《ごうけつ》と呼び声高い戦士だった。

「ラルチャが負けた……？」

「何者だあの小僧は」

「なんだあの槍さばきは！」

長老達をはじめ、百戦錬磨である戦士長達もが動揺した様子を見せる。

国中の若者が己の力を示すためこぞって参加するこの大会——優勝したのは、つい先日まで一切の訓練も受けなかった、穀潰しのバートランドであった。

「おい、なんで今までやる気出さなかったんだよ！　こんなに腕が立つとは知らなかったぞ！」

「若手一番のラルチャを圧倒するなんて！」

同年代のエルフ達がバートランドを囲む。

もう誰も、彼を揶揄したりはしない。

エルフ族の強さとは偉大さであるから。

「でもなんで急に参加する気になったんだ？　ニブルアのために訓練するのは馬鹿らしいとか

言ってたのに……」

「別に、俺は俺のために戦う。今も昔も変わらないよ」

得意げな顔でそう答えるバートランド。

男子達からは尊敬の声が上がる。

「あ、もしかしてハトア様の誕生日だから？」

「おい！　バートがそんな理由で動くわけないだろ！　なぁ？」

女子の質問に激昂《げっこう》する男子。

偉い席に座るハトアが手を振っている。

バートランドは俯《うつむ》き、何も答えなかった。

＊　＊　＊　＊

バートランドが成人した頃――

世界に大きな動きがあった。

「あ？　人族が？」

「そうだよ。東の獣族《けものぞく》も負けたんだってさ」

弱小種族とされ世界の端で慎《つつま》しく生きていた人族は、個々の力ではなく、団結した集の力と高い知能によって数々の種族を排斥し、みるみる内に領地を拡大していた。

「まぁでも、俺達には関係ないよな」

「我らエルフ。何者にも属《ぞく》さず、何者にも屈《くっ》さず」

戦士達の笑い声を聞きながら、バートランドは黙々と槍を振るっていた。この時には既《すで》に固有スキル《生命の促進》に目覚めており、その恩恵を受け国一番の戦士へと成長を遂《と》げていた。

大会で優勝したのが四年前。

真面目に鍛え始めたのが三年前。

戦士長を無傷で倒したのがつい先日だ。

「しっかし変わったよなお前。昔は訓練に参加もせず屋根の上でグースカ寝てたのに、今や第4戦士団の団長様だもんな」

黙々と自己研磨するバートランドに戦士が声をかける。バートランドは振り返るわけでもなく、ただ〝何かを相手に〟槍を振るう。

「別に。今も昔も変わってねぇよ。俺はこの木のために槍を振ってるわけじゃない」

「なら何のために振るってんだ？」

「…………」

ハトアのために槍を握った。

しかし今、彼を動かしているのは恋心だけではなく、漠然《ばくぜん》とした嫌な予感であった。

「やあやあ皆さん、精が出ますね」

「ひ、姫様。今日もお、お美しいですね！」

この頃にはハトア姫も立派な女性へと成長しており、その端整な顔立ちは王家の血筋もあって確かな品格が窺《うかが》える。

「なんだハトアか」

「なによ。私が来たらダメなの」

「気が散――――」


「ほ、報告!! 我が国の領土に、敵の軍勢が向かってきています!!」


戦士達の訓練所に、静寂が落ちる。

続いて、誰かが吹き出すように笑った。

「おいベル。ここはエルフの国だぜ? 俺達は侵略しない、与えない。いつも通り迎え撃つだけだろ?」

数千年の歴史の中でも、エルフ族は戦争らしい戦争をしたことがない。

それは単にエルフ族という種そのものが他種族よりも強く・数が多かったから。戦《いくさ》の殆《ほとん》どは森の中への侵入すら許さず終わっているのである。

のそのそと武器を取り防具を纏《まと》う戦士達へ、ベルと呼ばれた伝令は焦ったように声を荒らげた。

「100万の兵がいても、そう言えるのか?」

再び、訓練所に静寂が落ちる。

今度は誰も口を開かなかった。

「ここに攻めに来たのは、人族の軍勢100万だ。既に先発組が応戦しているけど、なぜか人族の中に俺達並みに強い奴がいる！」

長い歴史の中で、100万の軍を相手取って戦争した記録は無い。その上、エルフ族と同程度に強い個体が混ざっているとなれば悠長に構えてはいられない。

一気に慌ただしくなる訓練所内。

バートランドはため息を一つ、槍を持つ。

「違和感の正体はこれか？」

幼少の頃から、ハトアに人族の賢さを聞かされていたからか――バートランドは、最近の人族の動きに違和感を覚えていたのである。

自分に問うも、答えは出ない。

バートランドは悠々とした様子で準備を済ませると、皆が出て行った訓練所の出口へと向かう――そしてある事に気付き、振り返る。

「おいハトア。念《ねん》の為《ため》城に……」

そう言いかけ、言葉を失った。

ハトアの体が宙に浮いていたからだ。

体には赤紫の紋様が刻まれ、目は虚《うつろ》だった。

「ハトア……？」
バートランドが手を伸ばした瞬間、
それは起こったのだ。

＊　＊　＊　＊

将軍を務めるバロン・キュロスは、彼方《かなた》で光る魔力の爆発を確認し静かにほくそ笑んだ。

人族の軍勢100万に対し、エルフ族の戦士は多く見積もっても15万がいい所。

エルフ族1人で人族10人分の力と言われているため数の上で有利とも言えないが、今回は〝勝利が約束されている〟。自分はただここで座って勝利を待てばいい——そう考えていた。

「報告！　敵国内にて魔力奔走確認！　領土のおよそ3割が爆発に巻き込まれ、敵の被害は甚《じん》大《だい》とのこと！」

「よしよし。ならば予定通り、森から出てきた奴等を〝強化兵〟で潰して回れ」

「承知いたしました！」

伝令が去り、再び笑みを浮かべるバロン。

己の体にも埋め込まれた種を撫《な》でながら、眼前に聳《そび》える大樹を見上げた。

＊　＊　＊　＊

戦場は切迫した状況が続いていた。

エルフ族の戦士達は苦戦していた――報告の通り、人族の中に強い個体が混ざっているからだった。

「なんだよ、コイツら」

「まるで生気が感じられない」

特殊な白の鎧《よろい》に身を包んだそれらは、圧倒的な力を誇るエルフ族を物ともせず殺してまわっている。それに気を取られていると、別の人族からの奇襲を受け、じわじわと数を減らされていた。

仲間の骸《むくろ》が山になる。

戦士達は恨みの籠《こも》った視線を向けた。

なぜコイツらはエルフの領土に――？

「貴様ァ！　何をしている!!」

白い兵士と戦うエルフ族が叫んだ。

視線の先には、同胞の亡骸《なきがら》をナイフで刻む人族の姿があった。そして彼等はそのまま〝何か〟を取り出すと、不気味な笑みを浮かべ剣の窪《くぼ》みにはめ込んだ。

「ぐわぁぁ!!」

「こい、つ！」

先ほどまで非力だった人族が、その剣を握るや否《いな》やエルフ族を圧倒している——その光景を見た戦士達は、ようやく彼等の強さの秘密を理解したのだった。

エルフ族は生まれると同時に大樹ニブルアの種を体へと埋め込み、共に生きる事を誓う。その種はニブルアの分身であり、これまでエルフ族に力を与えてきた。

人族はそこに目をつけたのだ。

エルフ族を攫《さら》っては、種を奪い研究した。

「第6戦士団壊滅！」

「戦士長！　国内で大規模な魔力奔走が発生、国民に甚大な被害が出ています」

「そんな、馬鹿な……！」

外側からは種を体に埋め込んだ強化人間達が戦士を削り、内側は魔力の爆発で食い破る——人族の作戦は概《おおむ》ね成功していた。

人族の軍勢が一気に流れてくる。

傷だらけの体を槍で支えながらも、エルフ達は絶望的状況に戦意を喪失していた。

戦場を、一閃《いっせん》の光が貫いた。

戦場の時が止まった。

皆が光の正体を見極めんと注視した。

「エルフ……」

人族の兵士が呟く。

それは流れ星でも神でもなく、長い金髪を揺らし槍を持ったエルフ族の青年だった。

「バートランド！」

「最強の戦士が来てくれたぞ！」

沸き立つエルフの戦士達。

しかし、近くにいた何人かは彼の様子がおかしい事に気付きはじめる。

頭からは血を流し、目は虚。

血のついた煙草を咥え、ゆらりと立ち上がる。

「殺せ！　殺せぇ!!」

時は動き出す。

近くにいた人族が一斉にバートランドへと武器を振り下ろす――しかしそれを、バートランドは横薙《よこな》ぎ一閃でもって粉々に切り裂いた。

「卑劣な手を使いやがって。同じ戦場にいるお前らも無事ではすまんぞ」

睨みを利かせたバートランドの言葉に、将軍バロン・キュロスが答えた。

「卑劣な手とはなんの話だ」

「じきに分かる。が、その前にお前らは死んでいる」

再びエルフ族と人族がぶつかり合う。

バートランドの登場を最後に、戦場が止まることはなかった。そこから三日間、人族はエルフ族に攻撃を続けたのだ。

「なんか……体が……？」

「腕が動かない」

戦争が長引くにつれ、体の不調を訴え出す戦士達が出てきた。最初は不休の戦闘による疲労だと考えられたが、無傷の者が突然死しはじめると、ことの重大さに気付き始める。

一人のエルフがバートランドに詰め寄る。

「敵の総大将に何か言ってたよな？　何か知ってるのか!?」

「……ああ」

死体の山の上に座り、煙草をふかすバートランド。敵の数はまだまだ多く、エルフの数は既に1／4まで減っていた。

「教えてくれ、親友が死にそうなんだよ！」

「腕が動かない。これじゃあ戦えない」

バートランドは大きく息を吐いた。

「恐らく、毒に近い何かを撒《ま》かれた」

「毒……だって？」

戦争において毒を用いるのは外道とされているが、だからといって戦術の一つには変わりない。しかし主に毒の使い方として、敵の兵糧に撒くなり武器の先に塗るなりはあるが、人族にそれらしい動きはなかった。

バートランドは人族の死体に目を落とす。

「きっとコイツらも知らされてない。戦争が始まる直前、俺たちの領土内で起こった爆発と共に毒が撒かれた」

人族は、国に流れ着いたエルフ族を攫っては恐ろしい実験を行っていた。

エルフ族の体内にあるニブルアの種を取り出し、それを人族の体や武器に埋め込むことでエルフ族と同等の力を得る実験――種を複数埋めた人族は人格を失う代わりに強大な力を持つ戦闘兵器となった。

そして実験によって無念の死を遂げたエルフ族の恨みを集め、あるエルフの娘の体に〝死をばら撒く毒〟を発動させる術式を刻み、操ったのだった。

人族、エルフ族関係なく殺し続ける毒。

屍《しかばね》が増えるたびに、強く大きくなる。

正確には毒ではなく〝呪い〟である。

「爆発って……長老達は無事なのか⁉」

「いや、あの爆発で領土の何割かは破壊された。誰がどれだけ死んだかも分からない」

「そんな……！」

それ以上バートランドが語ることはなかった。

爆発し、呪いをばら撒いたのがハトアであることを誰かに伝えるつもりもなかった。

(人族に憧れ出て行った奴等。罪を犯し国から追い出された奴等も、こんな武器のために全員殺されてたってことか)

バートランドは戦う目的を失っていた。

守るべき人が、もういないから。

辺りを見渡し、戦士達の遺体を眺める。

太刀傷《たちきず》で絶命した者より、呪いによって生き絶えた者の方が多かった——戦闘に長《た》けたエルフ族を殺す方法として、呪いは絶大な威力を発揮していたのだ。

「はは。結局あんな木のために死んだのか」

見知った顔も野に伏している。

一時は共に遊び、笑い合った友人達。

「無念だよな……」

そう呟きながら、バートランドはゆらりと立ち上がると兵士達に穂先を向けた。

「晴らしてやるからな」

兵士達は一瞬たじろぐも、すぐに声を上げて笑い出す。

「はっ！　一人で何ができるんだよ。こっちは100万から成る王国精鋭騎士団だぞ！」

笑いに包まれる戦場——しかしバートランドは全く反応することなく、敵の陣地に飛び込んだ。

「討ち取れぇい!!」

怒号がこだまする。

大勢の男達が雄叫《おたけ》びをあげ剣を振るう。

5分が経《た》ち、30分が経ち――

大地は赤に染め上がっていた。

兵士の誰かが悲鳴をあげる。

「ば……化け物……ッ!」

夥《おびただ》しい数の人族が絶命していた。

幾千もの戦場を生き抜いた精鋭達が、たった一人のエルフによって――である。

バートランドは倒れない。

消耗している様子すらない。

(殺すたびに体力が戻ってくる。力が溢《あふ》れる)

人族が放った呪いが〝相手の命を蝕《むしば》む〟ものなら、バートランドの固有スキルで相殺《そうさい》される
――なにより、多人数対一人のこの状況下であれば、バートランドは疲れを知らず倒すたびに
強くなるのだ。

「おい。さっきの勢いはどうした?」

バートランドを囲うように広い円ができた。

誰も彼に斬りかからない。

バートランドは再び穂先を兵士へ向けた。

「俺たちを根絶《ねだ》やしにしようとしたんだ、根絶やしにされても文句言えねェよな?」

今度は誰も口を開かなかった。

ただただ、破壊の化身かのようなこの男に、自分達は何もできぬまま食い殺されるのだと確信していたからだった。

＊　＊　＊　＊

100万の死体の上で、煙草をふかすバートランド。

残ったのは僅《わず》かな仲間と、消せない呪い。

「よいしょっと」

空間がぐにゃりと曲がり男が現れた。

バートランドはそれを一瞥《いちべつ》し、すぐに興味を失い煙を吐いた。

「アレを相手に生き残ったのか。いやぁ、君は特に強かったみたいだね」

男の言葉を聞いているのかいないのか、変わらず遠くを見つめるバートランド。男はお構いなしにペラペラと語り出す。

「人の欲っていうのは底なしだね。多くの世界で、世を統治しているのは人族ばかりだ」

軽薄そうな笑みが特徴的な彼の名を、闇の神ヴォロデリアといった。

「失《う》せろ。喋《しゃべ》りたい気分じゃない」

「得意の槍術《そうじゅつ》で黙らせたらいいだろう？」

「はっ。俺は勝てない相手とは戦わねェ」

ぶっきらぼうにそう答えるバートランド。

ひ弱そうだが、バートランドは闇の神ヴォロデリアの秘めたる大きな力を感じ取っていた。

それを聞いたヴォロデリアの表情は、潮が引くように無に変わった。

「賢いな。やはりお前も貰《もら》おうか」

自分に向けられた悪意に気付いてもなお、バートランドに動く様子はない。

「寂しいお前にささやかなプレゼントだよ」

そう言って、ヴォロデリアが何もない空間から引き出すように手を動かすと、眠るような形で手を合わせる少女が現れた。

何かを察したバートランドが目を見開き、振り返る。

「……ハトア？」

彼女とは似ても似つかぬ少女に向け、自分が愛した女性の名を呼ぶ。ヴォロデリアは満足そうにニヤリと笑った。

「分かるものだね。コレは単なる抜《ぬ》け殻《がら》だけど、中身を移し替えたからデータ上はハトア姫だ」

「中身、デェタ?」

「や、ごめんごめん。まあ難しく考えなくていいよ。コレはそうだな……生まれたてのハトア姫だ。だから君に関する記憶は無いし、どんな成長を遂げるかも分からない」

ヴォロデリアが取り出したのは、無垢《むく》なNPCにバラバラになったハトアの名残《なごり》を閉じ込めたモノだった。

もちろんバートランドに理解できるはずもなく、ただ涙をこぼし、自分の手の内でスヤスヤ眠るその少女を眺めていた。

ヴォロデリアが大きく何かを描くと、なぞった場所が壁紙の如《ごと》くベロンと捲《まく》れ、その奥には0と1の集合体が蠢《うごめ》いているのが見える。

「この世界は一旦保存する。その呪いも保存に伴《ともな》い停滞する。呪いで死ぬエルフは今後いなくなるから安心して」

「呪い、か……治るわけじゃないんだな?」

「治らない。停滞するだけ。だからずっと苦しいし、ずっと死ねない。ある意味生きてるより辛《つら》いかもねぇ」

軽薄そうに笑うヴォロデリアを、バートランドはしなる槍で突き払う――しかし穂先が体を捉《とら》えることはなく、ｓｙｓｔｅｍ ｂｌｏｃｋの文字と共に止まっていた。

「じゃあ何年先になるか分からないけど、また会おう。頼んだよ」

そう言って、ヴォロデリアは幻影の如くその場から消え去った。それと同時に少女はゆっく

りと目を開け、バートランドを見上げた。

「だ、れ？」

「ッ！」

その声は、仕草は、正に彼女のもの。

一瞬、表情を歪《ゆが》ませたバートランドは、優しく微笑《ほほえ》みながら彼女の問いに答える。

「俺はバートランド。お前の、お前の、そうだな……兄だ」

「ばーと？　あに？」

「そう、兄だ」

「わたしは？」

「お前の名前は、ヴィヴィアンだ」

「わたし、ゔぃゔぃあん。あなた、あに」

「そうだ」

世界が変わっていく中で、バートランドは僅かな幸せを噛《か》み締《し》める――しかしそれも束《つか》の間《ま》、ヴィヴィアンが苦しそうに倒れ込む。

その様は戦友達の様子と酷《こく》似《じ》していた。

（わざと呪いを残したのか……？）

男が消えた場所を忌々《いまいま》しそうに睨みつけるバートランド。

予想通り、ヴォロデリアはハトアもといヴィヴィアンを意図的に〝呪い付き〟の状態で復活させている。そこにはヴォロデリアのある思惑があったのだが、バートランドがその理由を知る事になるのはもっとずっと先の話である。

ヴィヴィアンを抱き上げ、踵《きびす》を返すバートランド。

「帰ろう……俺たちの国へ」

幸いにも呪いで死ぬことはない。

しかし、治す術《すべ》があるかも分からない。

森の奥、エルフの国へと戻ったバートランドは、大勢の同胞達が絶命し地に伏しているのを見た。ハトア姫に仕込まれた爆発によってすでに全体の3割の命が奪われているのだが、続く呪いの効果で9割以上のエルフは既に死んでいたのだった。

体中に傷のある者。

家族の死を間近で見て怯《おび》える者。

呪いの苦しみにのたうち回る者。

(俺は果たして、こいつらを救ったといえるのだろうか)

バートランドは自分を呪った。

安らかな死か、終わりの見えない生き地獄ならば前者の方が〝救い〟ではないか――

「呪いを解く方法を必ず持ち帰る」

ヴィヴィアンを降ろし、呟く。

それが唯一の使命であるかのように。

「……がんばって！」

ヴィヴィアンは無邪気に笑う。

バートランドはそれから何年も何年も、あらゆる場所、あらゆる書物を読んで解呪の方法を探す。

呪いに関わった人族は「掛ける事はできても、解く事はできない」と最後の最後まで必死に訴えていた。その必死な命乞いは、解呪の方法が本当にないことを物語っていた。

（残るは、あそこか）

気付いてはいた。

しかし、気付かないフリをしていた。

バートランドはヴォロデリアによってこの世界が〝どこか〟から隔離され、〝どこか〟と繋《つな》がったという漠然とした感覚を持っている。故に、この世界から出た先にある強大な五つの反応にも当然気付いていた。

自分と同等か、それ以上の怪物。

バートランドは歩き出す。

出口に向かって歩き出す。

（不思議と恐れはない）

この世で一番恐ろしいことは、退屈なことでも、１００万の兵に囲まれることでも、格上に挑むことでもない――大切なものを失うことだと、彼は既に知っていたから。

バートランドは一族の呪いを解く方法を探すため、ロス・マオラ城への扉を開いたのだった。

CHARACTER: キャラクターデザイン&設定

The unimple
mented
end-stage enemys
have joined us!

player: { Misaki }

ミサキ

他のゲームすらしたことのない初心者プレイヤー。デスゲームになった直後は怯えて宿に引きこもっていたが、《紋章》ギルドの面々や修太郎との冒険を通じ、プレイヤーとして自立していく。固有スキルは〝生命感知〟。

player: { Barbara }

バーバラ

《紋章》ギルド第21部隊の隊長。聖職者。しっかり者で面倒見のいい姉御肌の女性。かつての隊長だった誠に代わってショウキチたちの面倒をみている。

player: { Syoukichi }

ショウキチ

《紋章》ギルド第21部隊隊員。剣士。活発でお調子者なムードメーカー。修太郎と同じ13歳。双剣士に憧れているため片手剣を二本所持している。

player: { Kettle }

ケットル

《紋章》ギルド第21部隊隊員。魔法使い。真面目な努力家。性格が真逆のショウキチとはよく口喧嘩をしている。

player: { Kyouko }

キョウコ

《紋章》ギルド第21部隊隊員。弓使い。ボーイッシュな黒髪の女性で、控えめだが、子供達の面倒をよく見ている。同じ弓使いとしてミサキを尊敬している。

VRMMORPG eternity

あとがき

この度は『未実装のラスボス達が仲間になりました。2』をご購入いただきありがとうございます。

1巻の発売日前に、地元のご利益がある神社にながーくお祈りしてきまして、お賽銭とかも奮発した効果もあってか人生初の「重版」を経験することができました。こうして2巻が出せたのも、ひとえに購入いただいた皆様のお陰です。本当にありがとうございます。

特設サイトやスペシャルPVなど、ナレーションに朴璐美《ぱくろみ》さんを起用されたりと、ファミ通文庫さんの宣伝も豪華です。金額は教えてもらえませんでしたが、結構お金掛かってるみたいですよ。重版ってすごい。

2巻は修太郎君が「プレイヤー」として出発するまでを描いてみました。ボスキャラを大勢連れ歩くために色々奔走してましたが、召喚士になる事でひとまず問題は解決しましたね。残念系魔王様のうっかりもありましたが、無事に次の町へ出発できました。

今回の書き下ろしはバートランドにスポットライトを当てております。過去にエルフと人の間に何があったのかを書きましたが、いかがだったでしょう。前巻のバンピー編もそうですが、魔王達は色々修羅場をくぐってるだけにちょっと暗めのお話になってしまいますね。
2巻ではバートランドの印象づけを頑張るつもりでいたのですが、どうにもシルヴィアに持っていかれた感が否めません。シルヴィアの過去については3巻の書き下ろしを予定しておりますのでお楽しみに！

それではまた会いましょう。

ながワサビ64

シルヴィアさん1人で、「可愛い」「格好いい」「美しい」を兼ね備えていて、しかも残念だなんて
…好きです！
かわく

未《み》実《じつ》装《そう》のラスボス達《たち》が仲《なか》間《ま》になりました。2

2021年5月28日　初版発行

著　者　ながワサビ64《ろくじゅうよん》

イラスト　かわく

発行者　青柳昌行

発　行　株式会社KADOKAWA
〒102-8177 東京都千代田区富士見2-13-3
電話 0570-002-301（ナビダイヤル）

編集企画　ファミ通文庫編集部

デザイン　AFTERGLOW

写植・製版　株式会社オノ・エーワン

印　刷　凸版印刷株式会社

製　本　凸版印刷株式会社

ISBN978-4-04-736562-9　C0093

The unimplemented end-stage enemys have joined us!

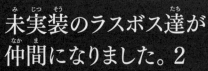

リアデイルの大地にて
目覚めたのは200年後の未来!?
コミカライズ版
大好評連載中!!
1
リアデイルの大地にて
STORY
事故によって生命維持装置なしには生きていくことができない身体となってしまった少女“各務桂菜”はVRMMORPG『リアデイル』の中でだけ自由になれた。ところがある日、彼女は生命維持装置の停止によって命を落としてしまう。しかし、ふと目を覚ますとそこは自らがプレイしていた『リアデイル』の世界……の更に200年後の世界!?　彼女はハイエルフ“ケーナ”として、200年の間に何が起こったのかを調べつつ、この世界に生きる人々やかつて自らが生み出したNPCたちと交流を深めていくのだが――。
著:Ceez イラスト:てんまそ
B6判単行本 KADOKAWA/エンターブレイン 刊
KADOKAWA enterbrain

かつて自らが成したこと、
そして仲間たちの
軌跡を辿る旅の果てに
あるものは――。
アニメ化決定

針子の乙女
HARIKO NO OTOME
針と蜘蛛と精霊で織りなす
幻想的な異世界裁縫
ファンタジー。
［はりこのおとめ］
Zeroki Presents
Illustrated by Miho Takeoka
著＝ゼロキ
Illustration
竹岡美穂
コミカライズ
ヤングエースUPで
絶賛連載中
針子の乙女
①～②巻
絶賛発売中！
B6判単行本
KADOKAWA／エンターブレイン刊
KADOKAWA
enterbrain